妳在月夜裡閃耀光輝

キミハツキヨニヒカリカガヤク

佐野徹夜
Tetsuya Sano

「再過不久，最後一刻就要來臨。
這次真的是最後一個心願了——！」

妳在月夜裡閃耀光輝

キミハツキヨニヒカリカガヤク

佐野徹夜

櫻花季與油氈地的溫度

short season, cold feeling

1

坡道兩旁櫻花盛開，循著道路登上坡頂，是一家全新裝潢的醫院。由於它比附近其他建築物都還新穎漂亮，看上去少了點生活色彩，猛然一看不像醫院，倒像是辦公大樓，不過，我的心情也因此輕鬆一些。在櫃台告知來意後，人員爽快地告訴我病房號碼。

想到自己即將與素昧平生的人碰面，我很緊張，更別說對方還是因病住院的女孩子，我當然更加忐忑。

在醫院內等電梯時，我有點靜不下心。

忘記誰曾說過，她長得非常漂亮。

聽說她叫渡良瀨真水。

還記得高一第一次開班會時，班導芳江老師扯開嗓門道：

「渡良瀨真水同學在國中時生了重病，不得不長期住院療養。我們祝她早日康復，快點回來學校和同學們共度愉快的校園生活。」

教室裡有個空座位。我們學校是國中部直升高中部的私立完全中學，因此班上同學大多從國中就認識，即使如此，見過渡良瀨真水的人依然寥寥可數。

「聽說她得了發光病。」

「應該都沒來上學吧。」

「等等，她是誰啊？」

「據說她最後一次來上課，是國一五月時的事。」

「我對她完全沒印象。」

「你們誰有她的照片？」

班上男生不時會聊起關於她的小八卦，但在無人掌握更多資訊的情況下，話題很快便結束。

如果確定是發光病，她恐怕很難再復學。大家都知道，那種病是絕症。

病因不明，目前也還沒找到治療方法。

痊癒的機率幾乎是零，多數患者必須終身住院。病情會隨著年齡增加逐漸加劇，發病時毫無預兆，確診的平均年齡為十幾歲到二十五歲之間，一旦得病，致死率極高，許多人撐不到成年就喪命，症狀則因人而異，主要的病徵是皮膚產生變異。

——變得會發光。

病患的身體在夜裡照射到月光，會散發出朦朧微弱的白色螢光。據說病情越重，光芒越強，所以才被稱為發光病。

……總而言之，我恐怕無緣在教室見到這位名叫渡良瀨真水的女同學了。得出結論後，我很快便淡忘這件事。

過了幾天的下課時間，一張巨大的卡紙傳到我的座位。

「岡田，換你寫。」

「寫這幹嘛？」

「寫給那個罹患發光病的女生啊，名字叫啥我忘了，大家不是約好要一起留言給她嗎？」

哦……我有點不以為然，拿起筆快速在卡紙上寫字。

〈祝妳早日康復　岡田卓也〉

我花了三秒鐘草草寫完，準備將卡紙傳給下一位同學。

「哇，岡田，你太隨便了吧。」

「接下來要傳給誰？」

「這邊的都已經傳完了。啊，香山還沒，你傳給他吧，記得你和他滿要好的？」

「沒有吧，普通而已。」

語畢，我走到香山的位子。

香山彰還是一樣邋遢，制服襯衫沒紮好，趴在桌上呼呼大睡。他長得高又留長髮，但沒有小混混的氣息，也不愛逞凶鬥狠，簡單來說就是「不上進」。他長得眉清目秀，很多女孩子喜歡他，男孩子們則因為他說話目中無人的態度而對他保持友善的距離。

「香山，起來。」

「我當上美少女宿舍的管理員了……」

他口中說著夢話，似乎在夢中過得很愉快。我用力搖醒他，逼他回到現實。

「哦？岡田喔，怎麼了？」

如果可以，我其實完全不想主動接近他，不過這和他不修邊幅的個性無關。我過去曾經欠香山一個人情。我們並不是一般的好朋友，對我來說，香山更接近「恩人」吧。

我用的雖然是聊天打屁的口吻，心頭卻莫名緊張。面對香山時，我總是感到無所適從。他不是我能放鬆說話的對象。

「班上同學要合寫祝福卡，換你寫了。你知道吧？寫給得發光病的那個女生。」

「喔。」

香山從我手中接過合送的祝福卡，睡眼惺忪地盯著。

「渡良瀨真水……」

他的語氣和表情，似乎在搜尋過去的記憶。我感到很意外，忍不住問：

「你們認識？」

「不算……只是有點懷念罷了。她改姓渡良瀨了啊……」

香山喃喃自語，接著說：「好吧，我寫。」我心想任務達成，轉身準備回座位。

「岡田，你最近好嗎？」

他忽然從背後發問。

「什麼意思？」

「你都沒事吧？」

「對啊。」

我壓下心中的煩悶，如此回答。

「因為你會不定期發病。」

他的口吻彷彿看透了一切。

「我很好啦。」

多管閒事——我在心中抱怨，沒有說出口。

「上次請同學們合寫的祝福卡已經完成了，老師想請一位同學週末送過去。由班上同學送去，應該會比從老師手中接到卡片還開心吧。有沒有人要自告奮勇？」

芳江老師才二十歲出頭，長得算是漂亮，不過大概是當老師的時日尚淺，主持班會時總是哪裡卡卡的。

我聽了只覺得「好麻煩喔」，應該不會有人舉手吧？相信其他人也是這麼想，到最後芳江老師只得指派某人送去。拜託千萬不要抽到我──在座的人無不低頭，連隱藏內心的想法都懶。

就在這時……

香山輕輕舉手，所有人都吃了一驚，紛紛轉頭看他。

「我去。」

「啊，不好意思，那就麻煩你了。」

我難以形容香山當時的表情，總覺得當中似乎隱含某種沉舟破釜的決心，不像是發自內心想主動幫忙。

……討厭的話幹嘛舉手？香山何必自找麻煩？我當時只是覺得有些意外。

緊接著週末來臨，我在星期天突然接到香山的來電，約我出來碰面。

『我有事情想拜託你。』

我們的交情並沒有好到假日會出去，這對我來說完全是意料之外的行程。

儘管覺得麻煩，我還是依言前往他家。

「我感冒了。」

香山穿睡衣、戴口罩，來玄關開門時說。

「還有點發燒。」

但我實在看不出他哪裡發燒，感覺他連裝病都懶。

「你想叫我幹嘛？」

我有點不耐煩地追問。

「啊，我生病了……不方便去探望渡良瀨真水。」

「你要我代替你去？」我確認道。

香山簡短回一聲「嗯」，轉身回到屋內，拿來要交給她的講義和一堆有的沒的，說「麻煩你了」，將東西硬塞給我。

然後他馬上轉身、拒絕多說，就這樣走回屋子裡。

坦白說，我只覺得莫名其妙。

2

於是，我不得不在星期天前往醫院，探望一位陌生的女孩。

渡良瀨真水住的醫院位在電車路線的終點站，我在與通學方向相反的電車上搖晃了三十分鐘，抵達目的地。

從車站走到醫院後，我依照櫃台人員的指示，搭電梯到四樓，穿越鋪著油氈地毯的走廊來到病房前。

推門進去，裡面是女性專用的多人病房，其中兩名女子年紀較長，另外還有一位讀著書的女孩，想必她就是渡良瀨真水。我緩緩走近，她似乎察覺了聲息，視線從書頁抬起，仰起脖子看我。

驚鴻一瞥，我的心跳便漏了一拍。

美少女的傳聞是真的。

她很漂亮，但我想不到該用像誰來比喻。她的眼神射穿我的心，眼珠烏溜溜的，自然纖長的睫毛與優雅的雙眼皮加強眼部輪廓，教人過目難忘。而且，她的肌膚白到不真實，絲毫不見日曬痕跡，大概是因為這樣，她和班上其他女生的氛圍截然不同，彷彿生長於不同國家。

她的鼻梁精緻好看，臉頰不見分毫贅肉，櫻桃小口抿成一直線，背挺得直直的，身材勻稱，帶著光澤的髮絲垂至胸前。

表情中不見絲毫矯飾，非常單純率直。

「妳是渡良瀨同學嗎？」

我小心翼翼地出聲搭話。

「我是。請問你是？」

「岡田卓也，妳從今年春天起的同班同學。」

我簡單地自我介紹。

「原來如此。你好，我叫渡良瀨真水。卓也，我想麻煩你一件事。」

她突然直呼我的名字。

「請你直接叫我的名字『真水』。」

我沒有和朋友用名字稱呼彼此的習慣，因此不太適應。

「為什麼？」

「因為姓氏這種東西很容易改變。」

這是她的說法。難不成，她的父母離婚了？但我沒有多問，心想還是不要剛認識就探人隱私。

「好，總之以後我都叫妳『真水』。」

「謝謝你，我喜歡聽別人叫我名字。」

她含羞而笑，頃刻間瞥見的白牙，白到令我微微吃驚。她用了「喜歡」這兩個字，一股親切感油然而生。

「換我問了。卓也，你今天怎麼會來？」

「啊，我帶了講義和大家合寫的祝福卡給妳，老師說由同學送來妳會比較高興。」

「高興，我很高興。」

我遞出信封，她從封口取出大家合寫的卡片，充滿好奇地讀著。

「你的留言好冰冷喔。」

我頓時一慌，探頭偷看卡片。我的留言排在紙張的角落。

〈祝妳早日康復　岡田卓也〉

「有嗎？不會吧……」

我想那句話本身沒什麼問題，不過真的太簡略了，看起來像隨便用三秒撇出來的。她應該很機靈，所以才能一眼看穿。

「好像有一點，對不起。」

於是我不再找藉口，老實道歉。
她略顯吃驚地看著我。
「那句話沒糟到需要道歉呀。」
我發現她說話有種獨特的風格。
「卓也，你其實不想來對不對？是老師勉強拜託你來的嗎？」
本來應該是香山要來才對，但我認為沒必要說實話，腦中閃過「善意的謊言」這個詞。
「不，是我自己想來的。」
「真的嗎？太好了。」
這句話的語氣是真的感到如釋重負。她感覺很聰明，喜怒哀樂卻都寫在臉上。
「這是什麼？」
我決定轉移話題。床邊的桌子上擺著像水晶的玻璃球，仔細看會發現裡面有棟迷你的西式度假小屋，窗內做了發光效果，為看者增添生活的溫度。
「啊，這叫玻璃雪花球，我很喜歡這種東西。」
她放下卡片，手心伸來。「幫我拿。」我趕緊為她遞上。
「你看，下面有雪。」

凝神細瞧，玻璃球內的小屋地面，鋪著看似雪花的細小紙片。

「原來如此。」

「不只這樣，接下來才好玩喔。像這樣把它搖一搖……」

她在我面前搖搖雪花球，玻璃當中立刻颳起漫天飛雪。紙片不知經由什麼設計，化作吹雪緩緩飄落地面。

「喏？很像下雪吧？」

果真像是下了一場雪。

「這是爸爸以前買給我的……現在我已經見不到他了，所以格外珍惜。」

看來她的父母很可能真的離婚了。但我只是想想，沒有問出口。

「我會看著它，想像自己住在雪國，到了冬天就會下雪，吐氣會變成白霧。我想窩在暖爐邊看書生活，光是想像就很開心。」

玻璃球內還在下雪。

接下來她仍說個不停，那種說話方式感覺像是憋了很久，一直很想找人說話。我並不覺得反感，話題本身不無聊，我也不討厭她的說話方式。

到了傍晚，她終於關上話匣子，我也差不多該打道回府。

離別之際，她對我說：

「卓也，最近還能看到你嗎？」

我困惑了，但她的表情略顯寂寞，我實在不敢說：「不，我只來這麼一次。」

「過一陣子吧。」

我用曖昧的答案取代心中的想法。

「那麼，我有一件事想麻煩你。」

「什麼事？」

「我想吃碎堅果口味的波奇棒。」

她有些害羞地說。

「波奇棒？」

「因為啊，我現在只能吃醫院的餐。我媽媽很嚴格，根本不可能買給我吃，醫院裡的商店又沒賣，我沒人可以拜託了。」

接著，她抬眸乞求：「不行嗎？」

「好、好吧，我知道了。」

我不假思索便答應了，然後走出病房。

3

「見到渡良瀨真水本人，感覺怎麼樣？」

隔天放學後，我和香山在回程的便利商店前並肩吃冰淇淋時，香山冷不防問。我的份是他請客，大概是想答謝我吧。我邊將冰淇淋送入口中，邊茫然回想昨天的經過。

「嗯，她真的很漂亮。」

其實他沒問我長相的事，但我還是這麼說了。

「她的病情呢？」

「不知道耶。」

我自己也覺得這樣回答不太好。

「香山，你們認識？」

「以前算吧。」

香山含糊其詞。

「對了，她的父母離婚了嗎？」

我有些在意，忍不住打聽。

「大概喔，因為她以前姓深見。」

冰淇淋不一會兒就吃完，我們總不能一直待在便利商店，於是一同走去車站坐車。

車廂裡只有一個空座位，我坐下來，香山拉著皮拉環，懶洋洋地眺望車窗外。

「我還想請你再幫個忙。」

蒼翠的樹影與住宅街從車窗外快速流過。

「你可以再去看她一次嗎？」

「什麼？」

「幫我問她，她的病什麼時候會好。」

我感到狐疑。這小子到底在想什麼？上次他叫我去探病時，我就已經感到莫名其妙，這下子更是一頭霧水。

「你自己去問。」

我有些不耐煩地說。

閒聊之際，香山下車的車站到了。

「對了，不要向渡良瀨真水提起我。」

香山最後留下這句話，頭也不回地走下電車。

「喂，等等，到底是怎麼回事？」

我朝著香山的背影大喊，但車門隨即發出開汽水瓶般的「噗咻」聲，硬生生地關上門、發車。

……又來了，我完全搞不懂他在想什麼。

距離我要下車還有一段時間，睡意突然襲來。我閉上眼睛，身體靠向椅背，沒多久便失去意識。

當我醒來時，電車已經駛入終點站，站前街景盡是不入時的小咖啡廳招牌和個人經營的小書店，隨意修剪的行道樹為風景增添了綠意，橫溢出衛星城鎮終點站的閒散風情。眼前的景象似乎有點眼熟，我馬上想起……

渡良瀨真水住的醫院，就在這一站。

這裡相隔我家整整七站，我徹底坐過站了，聽到「本列車不再提供載客服務」的廣播，不得不走下月台。我看到站內商家店門前的架上有賣波奇棒，其中也有真水想吃的碎堅果口味，回過神來，已經向賣東西的阿姨說「我要一個」。我將買好的東西放入包包，走向驗票閘門。

反正來都來了，我覺得買個波奇棒送去似乎也不賴。

來到病房，我發現渡良瀨真水不在。

床上空空如也。

「你找渡良瀨嗎？她去做檢查了喔。」

我急忙朝聲音傳來的方向望去，說話的是住在同一間病房的人，一位相貌和藹可親的老太太。

我不知道她要多久才會回來，想說既然來了，就等等看吧。

床邊的桌子上擺著那顆玻璃雪花球。

我拿起它，學她昨天做的那樣搖了搖。

雪花球中下起雪。我望著它好半晌，總覺得裡面隱藏著某種祕密。當然，我什麼都看不見。

我懷著玩心，不停用力搖晃雪花球，裡面持續下著暴風雪。我越玩越起勁，一股腦兒使勁搖著。

誰知下一秒，我突然手滑。

雪花球溜出掌心，垂直落下，狠狠撞上醫院的地板。

喀鏘！

刺耳的破裂聲傳來。

糟糕——我感到眼前一暗。

「咦？卓也，是你啊。」

背後響起真水的聲音，我慌張回頭。

時機也太不湊巧了吧。

「啊。」

她慢了半拍才注意到我腳下的碎玻璃。雪花球碎成片片殘骸，她明顯臉色一沉。

「卓也，你沒事吧？有沒有受傷？」

她邊說邊慌亂地跑過來。

「我沒事……真的很抱歉。」

我不知道接下來該說什麼才好。

她伸手撿拾玻璃碎片。

「好痛！」

短促的呻吟傳來，她好像割傷了手指。幾秒後，紅色的液體滲出皮膚，涔涔滴下。

「妳先冷靜點，我去要ＯＫ繃。碎片我來清理，妳躺在床上就好。」

我趕緊下達指示。她靜靜地爬上床，背靠牆壁坐下。

我去護士站要來ＯＫ繃給她，然後默不作聲地撿起玻璃碎片。

清完地面一輪後，我把玻璃碎片集中起來，拿去病房外的垃圾桶丟掉。

當我回到病房，只見她面無表情，拿起雪花球的內部殘骸眺望，將只剩下台座與迷你木屋、再也不下雪的雪花球捧在手心裡。

「沒辦法呀，有形之物終有毀壞的一天……同樣地，這個世界上也沒有任何生物能夠長生不老。」

語畢，她將手中物擱在床邊桌上。

「摔壞或許比較好。」

這句話聽起來有點拒人於千里之外。

「為什麼這樣說？」

摔壞它的明明是我。我不懂她的心境，忍不住問。

「沒有珍貴的東西，好像就能爽快地離開這個世界。」

從她口中冒出這句奇怪的話。

「欸，卓也，你覺得我看起來還能活多久？」

這真是把我問倒了，老實說，我從沒聽過發光病患者能長壽的例子，不過至少就我目前看來，她完全不像得了不治之症的病人。

「我不知道。」

我放棄思考，明白表示。

「應該沒時間了。」

她的聲調始終四平八穩。

「現在的我就像是幽魂。去年的這個時候，醫生宣判我最多只能再活一年。我照常過日子，就這樣過了一年……按理說，我現在應該已經死了，結果精神意外地好。怎麼會這樣？」

這段話聽起來像在描述別人。

我暗忖，我們才剛認識，為什麼和我說這個？

「我什麼時候會死呢？」

她的語氣莫名開朗。

頃刻間觸動我胸口某處。

我不明白這種心亂的感覺所謂何來，更不了解該如何稱呼這股情感。即使想破了頭，我也無法理解自己怎麼了。

回家後，腦中還是裝滿渡良瀨真水。我躺在客廳角落的佛壇前，不停思考。

不懂，總覺得她思考的是心靈層面的事。不論怎麼想，我都無法參透她的感受。

因為我們才十幾歲啊。

一般人遇上死亡，都會感到悲觀或是絕望，難過得無法承受，然後強迫自己接受非死不可的事實，飽受無能為力的感覺所苦，腦袋也會開始變得不清楚。連過了八十大壽的爺爺在臨終前也難免如此。

然而她的口吻彷彿期待著死亡到來。

這就是我想不通的地方。

接著，我心血來潮地在佛壇前上香，敲響那不知何名，長得像碗的金屬，發出「叮」的一聲。

姊姊身穿水手服，在佛壇前的遺照中對我笑。

岡田鳴子，十五歲早逝。

姊姊在我讀國一的時候，被車子撞死了。

不知不覺間，我也來到高中一年級。

鳴子是在怎樣的情況下斷氣的？

她最後想到的事情是什麼？

我忽然在意起種種細節。

鳴子……我認識了一位女孩，她叫渡良瀨真水。她應該有顆細膩的心，但是好像一點也不畏懼死亡。

可是，我想問的是……

嗚子，妳呢？

無論我在心中如何探問，照片中的姊姊都不會回話。當然啊，這是當然的……

就寢時間到了，我回到自己房間鑽入被窩，當天晚上卻輾轉難眠，腦海中一直浮現渡良瀨真水的臉，揮之不去。

——我什麼時候會死呢？

她的聲音在我的腦海深處反覆播放，就像遇到喜歡的曲子段落，或是莫名殘留在耳裡的廣告歌，無窮盡地重播迴盪。

隔天上學，我打開書包，發現裡面還放著碎堅果口味的波奇棒。

這下該怎麼辦？

摔碎東西後一陣手忙腳亂，忘記交給她了。

我左思右想，最後決定放學後再去一趟醫院，單純把波奇棒送去。

搭車的路上，我不禁心想，像這樣天天到醫院報到，會不會給她添麻煩？我摔壞她珍藏的寶物，她會不會其實完全不想再看到我的臉？

仔細想想，真的很尷尬。當時，她要是對我發脾氣可能還好一點。她大可以將怒氣直接、痛快地發洩在我身上，這樣我會比較輕鬆。而現在，我的五臟六腑都泛起令人不適的痛楚。

明知會給自己帶來痛苦，我還是忍不住想和她有所牽扯嗎？

我自己也感到奇怪，只能不停尋找動機。

大概是因為……不，一定是因為她很像鳴子姊姊。

她們的長相並不像，個性也南轅北轍，我說不上來，但就是覺得她們在某方面很相似，最接近的說法大概是氛圍吧？「當時」的鳴子與渡良瀨真水有某部分重疊。

關於姊姊的死，我始終有個地方不明白。

我感覺到，只要和渡良瀨真水在一起，或許就能解開謎底。

來到病房前，我停下腳步做了個深呼吸，深深地、輕輕地吸飽空氣，再吐出來。

下定決心後，我推門而入。

和初次來訪時一樣，渡良瀨真水坐在最裡面的病床上，仔細一瞧，她正對著筆記本寫字。她在附細長滾輪的病床桌上攤開全新的Ｂ５筆記本，專心地寫字，表情無比認真。我不好意思叫她，瞬間猶豫了一下，不過她察覺到我的氣息，主動抬起頭。

「你來了啊，怎麼不叫我一聲？」

她露出不可思議的表情看著我說。

「妳在寫什麼？」

她看起來稀鬆平常，沒有昨日臨別時那種彷彿輕輕碰觸就會碎掉的脆弱，不過，大概是因為這樣，我從她的態度察覺一絲疏遠。

「祕密。」

筆記本被收走，翻了過去。她不想給我看。

「好吧。」

反正八成是日記之類的。我沒有繼續追問，輕輕將帶來的波奇棒放在桌上。

「啊～是碎堅果口味的波奇棒！我可以吃嗎？」

真水雙眼閃閃發亮地拿起波奇棒問。我點點頭，見她俐落地撕開包裝，發出輕脆的「喀哩」聲一口咬下。

「吃起來和一般口味不太一樣呢。」

她心情絕佳地笑了，我不明白她為何這麼高興。

「偷偷告訴你吧。」

我一時之間不懂她在說什麼，不過馬上想起筆記本的事。

「我呀，正在把死前想做的事情一件件寫下來。」

我好像……聽過類似的事。應該有不少人會在死前回顧人生，一了心中的遺憾，完成未竟的心願，像是感動的重逢，或是去見喜歡的藝人。

「上次檢查時，我問醫生我到底還能活多久，醫生只是一臉為難地說：『不曉得耶，大概還能撐半年吧。』真是個庸醫呢，究竟把人命當成什麼？所以，我想說機會難得，不如來充分利用剩餘的寶貴時間吧。」

她一口氣說完，又微微蹙眉。

「不過，我也只是想想罷了。」

「為什麼？」

「我不能出門啊。病情真的不太妙，醫生嚴禁我外出，還被特別警告呢。」

這時，我的腦中浮出一個念頭。

而且不是值得讚許的事。

我只是想知道罷了。

那本筆記本裡，究竟寫了什麼？

不知為何，我在意得不得了。

渡良瀨真水死前想完成的心願，究竟是什麼？

「我來幫忙吧。」

我忍不住脫口而出。

她嚇了一跳，轉頭望向我。

「為什麼？」

「我想賠罪。我摔壞了妳的雪花球，這是無法挽回的遺憾，光是向妳道歉還是不夠，那樣太隨便了。我也說不上來……總之什麼都好，只要是我能幫的事，儘管告訴我吧。」

「真的嗎？」

真水稍作沉默後，小心翼翼地開口：

「真的什麼都可以？」

她的聲調拉高了半音，這是試探的口吻。

「真的，我向妳保證。」

我乘勢說道。

她驀地睜大盯著我的眼睛，輕輕「啊」了一聲。

「我有一個好點子。」

不知道她的腦袋瓜裡都裝些什麼，神情變幻莫測，先前的陰霾一掃而去，有如撥雲見日的晴空。

「欸，你願意聽我說嗎？」

剎那間，不妙的預感閃過腦海。

再聽下去，我應該就無法回頭了。

……儘管心裡知道，但我彷彿被她的雙眼吸住，心中只浮現一個答案。

「我能為妳做什麼？」

我和渡良瀨真水之間奇異的緣分，就此展開。

4

「卓也，我想要請你替我完成這些事。」

真水說完，羞赧地笑了笑。她的笑容像是一個大孩子。

「……什麼？」

我一時之間意會不過來。

「我想要你代替我完成死前的心願，然後來這裡找我，告訴我你實際做過的感想。」

「這太胡來了吧……」

我愣住了，腦中至少冒出一百個問號。

這麼做的意義何在？換作是我看到自己想做的事被別人搶去做，大概只會生氣吧，然而真水顯然不是這樣。

「沒辦法呀，我不能外出，除此之外沒有其他更好的辦法。你不覺得這個點子很棒嗎？」

聽起來只是說服自己的說法。如果可以，她一定也想親手完成那些事，否則也不會把它們寫下來。她實在是因為情非得已，才不得不做出調整。

「……好，我明白妳的意思了。真水，妳辦不到的事就由我來完成吧。我會把中間發生的過程告訴妳，這樣對嗎？」

儘管我還有些混亂，依然反芻著她的話語做出回答。

「沒錯。」

她似乎很開心，甜甜地綻放笑容。

「我不會那麼壞，一開始就讓你做太難的事啦。先從簡單的開始吧，我看看喔……」

真水打開筆記本，眼神認真地掃視頁面，接著突然露出惡作劇的表情說：

「我想立刻拜託你一件事……」

老實說，我深感不妙。

「我一直很想在死前去一趟遊樂園。」

她說，年幼的時候沒有與父母同遊遊樂園的記憶，現在懂事長大後，才突然好奇遊樂園是個怎樣的地方。

我原先以為死前想完成的心願，會是更加浩大的事，例如難以成就的遠大夢想，所以做好了破釜沉舟的心理準備，沒料到竟然是這麼市井小民的願望，害我聽到的當下呆了一秒。

「呃？也就是說……」

冷靜想想，我才猛然想起負責執行的人是我，不禁猶豫了。

「是的，卓也，你去遊樂園玩吧。」

「不，等等……騙人的吧？」

「是真的喔。」

真水看起來毫不歉疚，臉上掛著惡作劇的微笑。

一星期後，我也不知道自己在幹嘛，來到縣外有名的主題樂園。

當然是自己一個人來。

我忽然覺得好哀傷，好好的青春少年，為什麼非得一個人來遊樂園玩不可？

遊樂園基本上是與家人和情侶來的地方，這是常識，根本不會有人獨自前來。

更別說現在正值黃金週假期，放眼望去都是人、人、人，不小心被踩死都不奇怪，而且不外乎是情侶、全家福或是一群朋友共同出遊，像我這樣形單影隻的遊客果然沒見著。

一個男人獨自跑來遊樂園玩，怎麼看都不對勁，不是被當成遊樂園狂熱者，就是被認為腦子有病吧。不過，他們全都錯了，我不是遊樂園狂熱者，現階段也相信自己還沒瘋。

實際上，我相當引人注目。這也是沒辦法的事。我敢說，我比路邊的街頭表演藝人還醒目，擦身而過的人時不時會偷看我一眼；偶爾也會遇到擺明是在嘲笑我的傢伙，甚至還有小混混指著我大笑。我飽受注目禮。

我真的不是神經病！

我好想拿擴音器大叫。請問遊樂園哪裡可以買到擴音器？我要問誰才好？不好意思，我想買擴音器，請問哪裡有賣？等等啊！我不是可疑人士，我的腦子很清楚！等一下！

…………

不過，我有預定行程要跑，不是單純來遊樂園玩的。不對，當然還是要玩，只是對我來說不是純粹遊玩。

首先，我要挑戰的是雲霄飛車。

我鬱悶地買票，加入雲霄飛車的排隊行列。聽說要排一個小時。啊～好想回家，我不耐煩到極點。

附帶一提，我最痛恨尖叫型的遊樂設施，所以小時候玩過一次後再也沒碰。我無法理解那種東西有什麼好玩的，坐上騰空的機器在高空中快速移動究竟哪裡有趣？我完全不懂。我不是害怕喔，絕對不是那樣子……反正，可以不坐我就盡量不坐。

＊＊＊

我再也不要坐第二次。

那是人類史上最爛、最邪惡的移動工具。

從雲霄飛車下來後，我疲憊到說不出話，步履蹣跚地走著。胃部陣陣翻攪，害我差點把早餐的吐司吐出來。好噁心，心情惡劣到極點。

可是，我的任務還沒結束。

我接下來要去真水指定的店，那是園內專賣甜食的咖啡廳。我又排隊了半小時才進去。有二就有三，我又在排隊時飽受注目，因為隊伍中有九成五的人是情侶。對，那是一家氣氛浪漫的店。

來到店內，店員小姐各個穿著裸露度高的低胸制服走來走去。制服似乎是這家店的兩大招牌之一，深受部分狂熱粉絲歡迎，但我不是制服狂熱者，坦白說興趣不大。其中一位店員拿著菜單上前招呼，我連看都沒看直接點餐：

「我要『讓我們墜入愛河的初戀聖代』。」

店內傳來一陣騷動。面對那些耳語，我好不容易才忍下大叫「你們是開司嗎（註1）」的衝動。男子獨自一人，坐在充滿情侶的咖啡廳裡，吃著初戀聖代。初戀聖代正是這家店的另一大招牌。「那個人是怎樣」、「好噁喔」、「病得不輕耶」……我知道人們無不交頭接耳，對我議論紛紛。我仰望天花板，閉上眼睛，盡可能放空腦袋。

這是哪門子的懲罰遊戲！

好想消失好想消失好想消失。

正當我拚命在腦中默念這句話時，本店招牌初戀聖代被端上桌。巨大的聖代上淋著滿滿的草莓果醬，杯子裡還插著好幾片夾心餅乾，將之妝點得更為豐盛。一顆心形巧克力坐鎮中央，整體看來要兩、三個人才吃得完。

我要一個人解決它……？

啪嚓！現場響起手機的拍照聲。

我訝異地回頭確認，只見後方情侶猛拍我的照片。我沒說話，瞪了他們一眼，卻沒產生什麼嚇阻作用。

可惡，太可惡了。

✽註1：出自福本伸行的漫畫《賭博默示錄》中大量使用的狀聲詞。

氣歸氣，我還是姑且替聖代拍了張照。附帶一提，這一客要一千五百日圓，有夠黑心。為了不浪費食物，最後我還是獨自吃完，期間周圍的竊笑聲從未中斷。

「卓也，我真是服了你耶！我笑到肚子好痛喔！」

渡良瀨真水看著初戀聖代的照片，聽著我在遊樂園的遭遇，笑到前俯後仰。這種程度的大笑已足以對同房病人造成困擾。

「然後呢？然後呢？吃完初戀聖代後呢？」

「我還去了鬼屋被鬼嚇，去坐旋轉木馬被小孩嚇，搭了摩天輪被情侶閃，最後回家。」

我不耐煩地說。

「感覺怎麼樣？好玩嗎？」

「糟到極點，我恨不得天上飛來一顆核彈，把遊樂園炸掉。」

這句話不知道哪裡戳中真水的笑點，她再次放聲狂笑。我有點意外，沒想到她是會豪爽大笑的人。

「了解了解，謝謝你。遊樂園果然不適合一個人去呢。」

「我說啊……」

這種事情不用特別確認也知道吧——我還來不及抱怨，真水先一步開口：

「好，下一個願望是……」

她打開病房內的電視。這裡雖是多人病房，但每一張病床都各附一台電視，只是之前我從沒看她開過電視。

真水花了一些時間轉台，最後畫面停在午間新聞。

「你看，就是這個！」

她雀躍地指著電視，新聞正在播放新型智慧型手機的發售報導，那是每年發售日當天都會造成排隊熱潮的熱門機種，這次的首賣日訂在週末午夜。

「我想體驗看看熬夜排隊。」

……我假裝沒聽見，打算打道回府。

「等等！等等嘛，卓也！」

「這個我死都不要！」

「你看。」

真水從床邊斗櫃的抽屜中拿出手機。那是一支分外老舊、白漆泛黃成象牙色的折疊式傳統手機。

「我到現在還在用傳統手機。這支手機從我住院前用到現在，已經用了快四年，你不覺得很可憐嗎？」

這倒是，這年頭實在很難想像還有人在用那種舊時代的古老手機。

「好想在死前用用看智慧型手機喔。」

「……那很貴耶，妳有錢嗎？」

「鏘鏘～」

語畢，她再次打開抽屜，拿出存摺。

「那是？」

「我存的壓歲錢。」

沒想到世界上真有人會把壓歲錢存起來。

「爺爺、奶奶和親戚們每年都會給我壓歲錢，但我長年住院，連牢裡的囚犯能花錢的地方都比我多，所以我全都拿去儲蓄了。」

我看了看真水遞給我的存摺，上面的數字還真不小。

「拿去用吧，我告訴你密碼。」

說著，她將提款卡一併交給我。

「等一下。」

我開始感覺到沉重，忍不住阻止。

「這麼重要的東西，不應該隨便交給別人。」

「為什麼不行？」

真水雙眼圓睜，微微歪頭。

「怕被盜領啊。」

「你會盜領我的錢嗎？」

「我說啊……」

我和她真的講不下去。不過，她八成是故意的。

「是你的話，我不擔心。」

她做出毫無根據的發言，硬把存摺塞給我。

深夜時分，我準備溜出家門時，母親喚住了我。

「三更半夜的，你出門做什麼？找朋友嗎？」

母親一臉狐疑地看著我。這件事說明起來很麻煩，午夜十二點又快到了，我急著搭末班車趕去排隊。

「我稍微出門晃晃。」

「鳴子那天出門前也是這樣說。」

母親過度神經質地盯著我。

「卓也，你不會死吧？」

她的態度陡然一變，拋出這句話。母親這樣子，已經不是一天兩天的事。

「當然不會。」

我厭煩至極地說。

「卓也，要是連你也死得不明不白，媽媽該怎麼辦……」

我霎時感到忍無可忍。

「鳴子死於純粹的交通意外。」

「可是……」

母親欲言又止，但我再也不想聽了。

「反正我不會有事啦。」

我不太想再繼續爭論，就此結束話題，走出門外。

我坐上電車，準備去排隊幫真水搶購智慧型手機。

即使是春天，深夜排隊還是會冷到發抖。這世界上的閒人似乎挺多的，鬧區的街頭已經大排長龍。我直打哆嗦，獨自靜待天明。因為沒事做，我不禁重新審度鳴子的死對母親的言行舉止所造成的影響。

鳴子去世後，母親開始會胡思亂想，擔心我的生命安危。

「今天有颱風，你請假別去上課。」

如果追問原因，她會認真回答「怕你被強風吹落的招牌砸中頭」、「怕你被雨天打滑的車子撞到」等等。

我真的很想求她放過我。

「夏天吃生魚片，要是食物中毒死了怎麼辦？」

「泡澡時要是不小心睡著，淹死怎麼辦？」

「練柔道太危險了，要是折斷脖子怎麼辦？」

「不准穿黑衣，要是被蜜蜂螫死怎麼辦？」

諸如此類，我有一個能從日常大小事聯想到死亡的母親。

某個時期，母親曾經頻繁拜訪可疑的靈媒，還逼我跟她一起去。她之所以變得迷信是有原因的。鳴子死於交通意外的半年前，她當時交往的男朋友便死於一模一樣的車禍事故，母親因而發自內心地認為，他們都被不乾淨的東西纏上。儘管本身並無流產經驗，她卻有好一陣子深信是嬰靈作祟造成的。

簡單來說，我的母親有點精神失常。

她還逼我去做心理諮商。鳴子的死也對我造成重大影響，母親看到我這樣子很擔心，怕我精神不穩定，一時想不開——前因後果就是這樣。

你想過要自殺嗎？

你有沒有好好睡覺？

食欲怎麼樣？

有沒有什麼煩惱？

我一律回答「不用擔心」。唯有那一刻，我會刻意裝出開朗的模樣。

我沒事。

我很正常。

沒有任何異狀。

因為我很小心，所以母親不再咄咄逼問……然而她的心裡依然在懷疑我。

——這孩子某天可能會突然死掉。

這樣的想法在母親的心中扎了根。

鳴子的死的確改變了我的個性，我變得比較內向寡言，尤其是她剛去世的那一陣子，我真的極少和家人講話。

但我以為這是自然反應。

如果姊姊死了我還變得更愛笑，那才有病吧？

我才覺得母親應該去做心理諮商。

我將買到的智慧型手機送去給真水，她的反應熱烈，開心得手舞足蹈。

「好棒，這樣我也是文明人了。」

把東西交到她手上前，我想狠狠向她抱怨昨天熬夜排隊的辛勞，但我才說到一半，她就伸手打開智慧型手機的包裝盒。

「喂……妳其實對熬夜排隊沒興趣，只是單純想要智慧型手機吧？」

「怎麼會呢？」

真水笑咪咪地說完，從盒中取出手機高舉在面前，口中發出「哇～」的讚嘆聲，眼睛閃閃發亮。

「以後和你聯絡方便多了呢。」

她的語氣似乎很開心，我的怨氣也一消而散。

接下來的時間，她要我教她一些基本操作，我姑且輸入了我的聯絡資訊。

幾天之後，她拜託母親辦好門號，手機終於可以上網。她馬上傳了訊息過來。

『謝謝你。』

就這樣一句話。

難道是當面講會害羞嗎？我也順著她簡短回道「不客氣」。

學校的午休時間，香山不知為何拿著黑白棋來找我，說要邊吃飯邊下棋。我還來不及拒絕，他就把前面兩位同學的桌子併桌，放上黑白棋與自己的便當。

我只能無奈地啃著事前買好的麵包，陪香山下棋。

「岡田，你幾歲初戀？」

香山下棋時，突如其來地問。

「小四，隔壁座位的女生。」

「我是小六。那麼，你有做出表示嗎？」

我連對方長什麼樣子都記不清楚，當然也不知道她現在住哪、過得好不好。

「這不重要吧。」

當時我沒有刻意接近她，也沒有向她表白，淡淡的戀慕隨著分班自然淡去。我想每個人的初戀大抵如此。

「我覺得很多小事其實都差不多，喜歡的食物、喜歡的吃法、擤鼻涕要用幾張衛生紙……這些怎樣都沒差吧。」

香山用起筷子意外地熟練，一面將便當菜色送入口中一面滔滔不絕地說道。
「一張吧。」
「我用兩張。」
他的黑棋占據角落，我的白棋一口氣被改為黑棋。
「不過啊，越重要的心意，越容易弄巧成拙，就跟下黑白棋一樣。」
香山這段話我聽得懵懵懂懂。
「我很厭惡這樣。」
他偶爾會像這樣說話，我完全聽不懂他想表達什麼。
「……對了，我照你說的又去探望了渡良瀨真水。」
一說出口，香山拿筷子的手瞬間停住。然後，他緊盯我的臉。
「怎麼？」
「……然後呢？」
「我看她精神挺不錯的。雖然不了解詳情，但短時間內應該不會死吧。」
我本想多做說明，說我和真水後來又見了幾次面，還有她列了死前的心願清單等等，但轉念一想還是作罷。總覺得這件事不該隨便向他人提起。
況且我對香山有些不滿，因為他始終隱瞞要我去見真水的理由，所以我也認為自己沒義務向他一一報告，更別說整件事的前因後果解釋起來很麻煩。
「香山，你有沒有事情想問？」
「嗯，她的三圍。」
「自己去問。」
黑白棋看起來勝負已定，香山勝出，但他自個兒起了玩興又中途沒勁，放棄決勝的最後一步，站起身來。
「你不去看她嗎？」
我朝準備離去的香山喊道。
「……現在不去。」
香山想了想，沉默幾秒後說道，接著又添上一句「我現在不缺女人」。
「你之前想追她喔？」
我笑著說，因為我認為那是個玩笑。
但他沒有隨口附和，而是靜靜看了我幾秒，沒再多說什麼就回到自己座位。
這傢伙怎麼搞的？我感到越來越納悶。

5

真水的母親律阿姨，感覺不是那麼好親近。

她給人一股無形的壓力，同時又顯得缺乏生氣。從她端正的面容，不難想像過去是個美女，但由於她完全不化妝，明明才四十幾歲，看上去卻比實際年齡顯老。

「哎，小夥子，你今天又來啦。」

這是我第二次見到她。她說話客客氣氣，語氣卻微微帶刺。律阿姨不叫我的名字，一律以「小夥子」代稱。一個來歷不明的人突然頻繁來為女兒探病，或許令她感到不自在吧。

「媽媽要走囉，妳不要太興奮，要好好休息。」

律阿姨以微帶訓斥的口吻對真水說完，走出病房。

「卓也，你今天臉色不太好呢。」

真水端詳著我的臉，出聲關心。

「你沒事吧？是不是身體不舒服？」

「沒事……不是什麼大事。」

「怎麼了？」

「我的耳機線斷了。」

我從口袋拿出耳機給她看。來醫院的路上我邊走邊聽音樂，耳機線不小心勾到行道樹的樹枝，現在只剩一邊有聲音。

「很貴嗎？」

「還好。」

但這是鳴子念高中時，用打工的第一份薪水買來送我的生日禮物，我的心情難免受到影響。

真水接過耳機，東看西瞧好半晌後，對我露出古靈精怪的表情。

「哎，卓也。」

「幹嘛？」

我身子一縮，覺得她又要丟苦差事給我。

「要不要來點刺激的？」

她所說「刺激的」，是去醫院一樓的商店買東西。基本上她被嚴禁離開病床，但她有自己的藉口——被抓到又不會死。

我先去走廊探路，要是被護士和醫生發現就別想玩了。我躡手躡腳地穿過走廊、走向樓梯，因為搭電梯遇到人的機率實在太高。

真水握住扶手，踩著有些虛軟的腳步走下樓梯。

「妳還好吧？」

「少瞧不起人，我可不是老奶奶。」

最後，她終於平安無事地下到一樓，抵達商店。我站在門口把風，確保認識她的醫生和護士不會突然出現。

「有耶！卓也，真的有耶！」

過一會兒，她小聲喊道。回頭一看，只見她像個孩子般揮揮手，不知道在高興什麼。我仔細一瞧，她手上抓著某樣商品的外包裝盒。

「那是什麼？」

真水走過來，將之高舉在我面前。

「你仔細看，這就是你的耳機啊。」

經她一提，的確是同一個品牌的同款商品。我這才恍然大悟，原來她是為了替我買耳機才特地溜出病房嗎？

「我要這個。」

我還來不及阻止，真水便將耳機遞給收銀台前的女店員。

「話別說得太滿，妳沒帶錢吧。」

我冷靜吐嘈。

「鏘鏘～我有魔法小卡。」

語畢，她拿出一張很少見的ＩＣ卡。

「這是醫院的儲值卡，我都靠它看電視等等，用途多多呢。」

「妳不用破費啦。」

我趕緊說道，真水卻默默地結帳。

「這次要小心收好喔。」

「等等……我之前也很小心啊。」

其實只要老實道謝就好，我卻顧左右而言他。

真水突然沒了表情，緊緊盯著我。

「幹嘛？妳想說什麼？有話直說啊。」

下一秒，她突然失去平衡，我還來不及理解發生什麼事，她就渾身無力地倒向我，我反射性地伸手抱住她的身體。

「喂，妳怎麼突然倒下去！」

「卓也，抱歉，這下傷腦筋了。」

她說完，不知為何發出自嘲的笑聲。

「我使不上力了。」

「呃，妳開玩笑的吧？」

「真的。」

我們以相擁的姿勢僵在商店的收銀機前，我再次心想：「妳開玩笑的吧？」

「不好意思，可以幫我叫醫生嗎？」

我只得拜託收銀台的小姐幫忙。

結果，我們在醫院裡引發小小的騷動。在那之後，醫生和護士臉色大變地趕至現場，將真水抬上底部附滾輪的移動式病床，送往某處急救。

「搞砸了……」

她被推走前，雙眼注視著天花板喃喃說道。

我這邊也是災情慘重。

先行返家的律阿姨離開還不到一小時便折返回來。

我和她面對面坐在真水的空病床旁。

「我就直說了吧，我不是很歡迎你來。」

律阿姨開門見山地說，聲音帶著明顯的怒意。

「對不起。」

我沒有找藉口，只是拚命道歉。

「你知道嗎？不是只有難過的事情會對人類造成壓力，開心的事情也會。那孩子和一般人不一樣。」

律阿姨說道，我就這樣被她靜靜地斥責了一段時間，儘管腦中冒出十幾句反駁她的話，但我選擇不說。

待這段尷尬的時間過去，真水終於回到病房。

她坐在輪椅上，被護士推進來。

「玩遊戲要適可而止喔。」

胸前名牌寫著「岡崎」、外貌強悍的護士提醒道，我再次低頭道歉。

然後，真水在護士岡崎與律阿姨的攙扶下爬回床上，背靠牆壁半躺著仰望我們，視線掃過每一個人。

「你們的表情好恐怖喔，太誇張了啦，我又不是第一次這樣，之前偶爾也會啊，不是因為想去買東西才昏倒。」

「就是因為這樣，妳才不該隨便走動，這樣很危險。」

岡崎對她諄諄告誡。

「小夥子，這下你懂了吧？你以後別再亂說話，慫恿我們家真水。我看你不如就趁這個機會，以後不要再來……」

律阿姨似乎還說不痛快，這時，一道清淚頓時從真水的眼角滑落。

「對不起。」

我能察覺律阿姨內心出現動搖。

「這不是卓也的錯，是我硬逼他帶我出去的，請媽媽不要再責備他，要罵就罵我一個人吧。」

真水哭紅了眼。

「渡良瀨同學，妳先冷靜一點。」

護士岡崎說完看了律阿姨一眼。律阿姨露出投降的表情，終於起身。

「我還有事，今天先回去了。」

然後她看也不看我一眼便走出病房。

「你也早點回去吧。還有……凡事量力而為啊。」

岡崎最後給我一句忠告，便腳步匆忙地離去。

我也決定乖乖回家，起身回頭看了真水一眼，她還在掉淚。

真水淚汪汪地看著我說：

「啊，我是假哭啦。」

她語氣一變。如果她是假哭，這演技可以得獎了。

「只是忽然間停不下來。」

眼淚再度從她的眼裡撲簌簌地落下，不過她的語氣已經恢復往常。

「真抱歉，害你被罵了。」

「妳先不要哭啦。」

我拿出手帕塞給她。

「謝謝你……卓也，你偶爾也很貼心嘛。」

「『偶爾』是多餘的。」

然後，我靜靜等她停止哭泣。

「我每次都對你很不好意思，所以想要稍微補償你一下。」

她的口吻聽似對自己的失敗感到不好意思，我有點意外原來她是這麼想的。

「我會小心使用妳送我的耳機。」

聽我這麼說，她便破涕微笑。

「不要做怪臉。」

「我本來就長這樣。」

她半羞半喜地笑了。

6

鄰縣愛生市是一個政府沒有特別指定開發、毫無特色可言的城市。水泥道路遍布整座城市，連鎖店肆無忌憚地擴張領土。我們學校的人通常不會來這裡玩，一來是距離太遠，二來是這裡實在沒什麼讓人想來的誘因。

我專程搭三個小時的電車過來，自有我的原因。

真水的父親住在這裡。

為什麼她的父親住這麼遠？香山說的沒錯，真水的父母離婚了。律阿姨與經營公司的真水父親商討過後，決定由她扶養女兒。兩人離婚的原因不明，真水問過好幾次都得不到答案。

「我想問爸爸，他們離婚的原因是什麼。」

這就是我這回要替她完成的「死前心願」。

即使她再怎麼不方便，拜託我這個外人做這種事也太超過了吧。

「求求你嘛，不弄清楚這件事，我真的無法安心地走。可是，我問不到爸爸的電話，也沒有他的電子信箱，真的無法可想。」

真水滿懷誠意地拜託我幫忙，語氣比之前都要認真。

「該不會……」

我好像懂了什麼。

「妳之前都在試探我，這才是妳真正想要我做的事吧？」

她趁著我摔壞雪花球時，開口要我幫她完成「死前心願」。那顆雪花球是父親送給她的重要之物。

球中的風景，恐怕就是她的心靈寫照。

玻璃球內的世界彷彿時間靜止，唯有雪不停地下。

佇立在雪中的小屋，是否喚醒了真水心中所剩無幾的幸福回憶？

她是不是想透過那顆雪花球與父親對話？但她已經無法自行前往，所以才要我替她去嗎？

我不禁想，至今的一切都像小試身手，若她起先就要我背負重任，我不退縮才怪。

「……才不是呢，我只是想稍微惡整你。」

「好啦，我知道了。」

聽到她說出口的當下，我就知道自己無法拒絕。

「我努力看看。」

語畢，我離開病房。

唯一的線索只有住址。聽說真水的父親回老家了，並未住在他們曾經共住的家。他的故鄉在愛生市，我利用智慧型手機的地圖ＡＰＰ沿途尋找。

門牌上寫著「深見」。

縱使有些緊張，我還是鼓起勇氣按下門鈴。

『哪裡找啊？』

一個男人應門，會不會就是真水的父親呢？

「請問深見真先生在家嗎？」

『這裡沒有這個人。』

他的聲音非常陰沉，帶著一絲戒心。但我確實聽說真水的父親住在這裡，沒有這個人是怎麼回事？

『請問有什麼事？』

「啊，我叫岡田卓也。我是，呃……真水……真水同學的朋友，方便請教一些事嗎？」

『真水她怎麼了？』

他的語氣突變，聽起來很緊張。對講機突然中斷，不一會兒，一位中年男子急忙開門。他臉上鬍子沒刮，膚色黝黑，體格壯碩，一看就是穿著睡衣，看起來沒什麼氣勢。

「我是深見真，真水的父親。」

老實說，他完全沒有公司大老闆給人的刻板印象——這就是我見到真水父親第一眼的感想。

「原來如此，我大致明白了。」

真先生請我進屋聊，我在客廳的桌前坐下，告訴他本次來訪的目的：真水想了解父母離婚的原因。

「真水同學好像以為……都是因為自己罹患發光病，才會導致父母離婚。她可能覺得自己被嫌棄、被家人拋下了……」

「不……問題應該出在我沒有說實話。」

真先生筆直地看著我。

「對了，卓也，你是真水的男朋友嗎？」

噗！我差點把茶水噴出來。

「不、不是啦！怎麼說呢……我們是普通朋友。」

「那麼，至少真水很信任你。如果只是普通朋友，應該不會拜託你做這種事。」

關於這點……我不予置評。真水是怎麼看我的呢？我無法揣測她的心思。

「先換個話題。卓也，你覺得我看起來是怎樣的人？」

「咦？」

我好像是頭一次遇到大人向我提出這類問題。沒想到他會好奇自己在高中生眼中是什麼樣子，這對我來說很新鮮。

「看起來充滿野性。」

我說了實話，真先生爽快地大笑，笑的方式和真水有點像。

「看起來完全不像當老闆的吧？」

他說話時不改笑容，但眼神倏地變得銳利，這部分也有真水的影子。

「呃，也不會啦……」

我不知該怎麼回答比較好。

「你真是個不會說謊的人……這樣面對女人會吃虧喔。」

他說完這句語帶暗示的話，一口氣飲盡自己手邊的茶水。

「老實說，我已經沒有開公司了。」

接著，他向我娓娓道出夫妻離婚的真相。

真先生原先在我們居住的城鎮經營小型的零件公司。

聽說本來只是一家和小鎮工廠差不多的小公司，但經過幾次與大企業的合作後一飛沖天，急速成長。然而，正當他們大規模投資設備時，最大的客戶倒閉，公司也連帶受到波及，最後關門大吉。

真先生不得不宣告破產。他苦思多時，決定在宣布破產前先與太太離婚，否則房子和儲蓄等個人資產都會被沒收。

真水的發光病需要龐大的醫療費用，而且是長期開銷，治癒率幾乎是零，治療法也尚未確立，基本上只能長期住院療養。離婚能保留真水的治療費用，因此他才出此下策。

此外，要是被債權人或討債者撞見他還與妻小見面，事情就不妙了，所以他連新地址都沒告訴真水。真先生先搬回老家，與年邁的母親——真水的奶奶一起住，同時在建築工地從事危險的肉體勞動，一面偷偷將錢交給前妻。

他們決定向真水隱瞞家道中落的事，不想讓因病療養的女兒再操無謂的心。

他擔心一旦全盤托出實情，真水會主動提出要退學，畢竟復學日遙遙無期。但即使機會渺茫，真先生仍然希望當奇蹟發生、女兒痊癒時，真水還能繼續回學校上課。

「但這只是一部分原因，另一部分是我當時自尊心高，拉不下臉向女兒坦承一切。」真先生說。

這才是真水父母離婚的原因。

多麼殘忍的事情啊。我只是靜靜聽著，無法因為達成任務而滿足地附和。話題暫告一段落，真先生問：「你會把這些事情告訴我女兒嗎？」看來他的心中仍有顧慮。

「我沒有立場說大話……但是，出於善意和生活考量的隱瞞，對她也很殘忍，被蒙在鼓裡應該很痛苦吧。」

「還真敢說啊。」

真先生難掩苦笑，即使如此，我依然要說：

「她想在死前知道真相。」

「死前……你說話真直。」

真先生換上嚴肅的表情，剎那間我還以為他生氣了，其實不然。

「你說的或許沒錯，我應該好好向真水說明。」

他擠出笑臉，對著我笑。我覺得自己說太多了，羞愧地低下頭。

「其實，我有一件事必須向您道歉。」
我從包包拿出東西，那個被我摔壞的雪花球。
「這個被我摔碎了，真的很抱歉。」
暴露在空氣中的小屋，倒在破掉的雪花球裡。
「你真的不會說謊呢。」
真先生吃了一驚。
「沒關係，有形之物終有毀壞的一天。」
他說了和真水一模一樣的話。
「可是，真水她……」
話語梗在喉嚨。
「她一定很難過。」
我好不容易把話說完。
「我知道，別擔心，我再想想辦法。」
真先生又說了句「別在意」。
「對了，要不要至少把您的聯絡方式告訴真水呢？」
臨走之前，我提出這個要求。

真先生思索良久後說「答應我，別叫她來找我喔」，在便條紙上寫下自己的e-mail交給我。

「卓也，請好好和她當朋友。」

這是他對我說的最後一句話，我簡短回道「是」。

來到病房，渡良瀨真水果然又在看書。仔細一看，還是同一本文庫本小說，我每次都會想「她還真是同一本書看來看去都看不膩耶」。

「怎麼樣？」

她的視線沒從書頁上移開。

「我爸爸有其他女人了嗎？」

我隱約知道這不是她的真心話。這表示面對我的報告，她也很緊張，為了掩飾心情才故意逞強地這麼說。即使如此，我還是希望她別用那種口吻和態度聽父親的事。

「真先生好好地向我說明了。」

我在病床旁邊的圓椅坐下，緊盯她的雙眼，接著攔住她欲翻頁的手。

「所以我也希望妳好好地聽。」

「……好的。」

真水馬上率直應允。

於是我按照順序，把真先生告訴我的事說了一遍。

我讓她知道事情不是如她所想，真先生非但沒有拋棄她，還正為了她賣命工作。他是怕住院的女兒擔心生活費，才隱瞞離婚的真相。此外，他希望女兒聽了之後別操多餘的心，仍保持和之前一樣的心情，專心住院療養。

我慢慢花時間說明，盡可能將真先生的用心傳達出去，說完之後，再將寫著真先生聯絡方式的便條紙交給她。

「所以我的父母不是因為感情失和才離婚的？」

真水聽完我的話後問道。

「是啊，聽說他們現在還是重要的伴侶喔。」

「哎，卓也，他們真的不是因為我生病才離婚的嗎？」

她再次確認。

「真水，不是的。」

「我真希望自己沒有誕生到這個世界上。」

真水神色黯然地說。

「怎麼會呢？真先生他……妳父親從來沒這麼想。」

我幾乎想也沒想，反射性地這麼說，然後自己也被這個自然的反應嚇了一跳。

「但我沒有說錯啊，我生病只是給身邊的人帶來不幸。如果這個病會好也就算了，但我一定會死，這樣子一點意義也沒有。」

真水的聲音消沉到令人發寒。這種時候，我到底要說什麼才好？我想用話語鼓勵她，要她打起精神，告訴她一切都會沒事。腦中浮現千言萬語，但好像每一個都不適合用在這裡。

「你也覺得很麻煩吧？要來見我這麼難搞又生病的女生，對我言聽計從。我不該再繼續向你撒嬌了。」

那個時候，我無法用溫暖的話語鼓勵她。真水心中深沉的傷痛，不是隨便幾句話就能撫平。我還不夠格說那些話，況且……

我自己也不相信那些話。連自己都騙不了，聽在別人耳裡一定很虛假。

「妳還有很多『死前心願』沒完成吧？我接下來該做什麼？」

聽我這麼問，真水露出驚訝的表情望著我。

「你真的不排斥嗎？」

我想了一下才說：

「是啊……不排斥啦。」

我沒辦法說得更直接了。

「卓也，你是超級濫好人嗎？」

真水愣怔地看著我。

「是啊。」

我傻傻地回道。

最初亦是最後的暑假

f i r s t a n d l a s t s u m m e r

1

放暑假了。我和真水相遇在早春，轉眼已來到滿身大汗的炎炎夏日。曾幾何時，我開始以真水為中心回想季節的更迭。發現這點以後，我也嚇了一跳。

之前放暑假時，我都閒閒沒事做，這次卻有點忙碌。

「我想去女僕咖啡廳打工。」真水說。

嗯，我最近的確有點窮，覺得有必要去打工。什麼職業都好，我沒有任何堅持。

就算是這樣，為什麼我非得要去女僕咖啡廳打工？

我不抱期待……不，是自暴自棄地打電話去問，結果竟然莫名其妙地敲定面試。我在指定的日期、時間前往營業中的女僕咖啡廳，他們馬上帶我進去裡面的辦公室面試。

面試我的是一名自稱是老闆、三十歲出頭的男子，身穿黑襯衫加白領帶，會戴CHROME HEARTS的銀飾，手臂上可窺見刺青，怎麼看都不像正派人士。

「我們廚房剛好缺男工讀生。」

看樣子是要負責做女僕端出去的料理。原來如此，怪不得男人也行。老闆見我這才首度露出坦然接受的表情，不禁瞪大雙眼，表情像是看到珍禽異獸。

「不會吧，你本來想當女僕喔？」

他明明是開玩笑的口吻，我卻只能擠出五味雜陳的假笑。

最後，他要我明天馬上來上班。如此一來，我既完成了真水想去女僕咖啡廳打工的願望，也達成自己想打工的目的，沒有比這更好的結果了，我爽快說好。

找好打工後，我就能稍微自由用錢，還記得真水曾經提過想養寵物。

他們家因為父母都對動物過敏，所以沒有養過狗或貓。經過檢查，真水自己也有過敏體質。

「不是狗或貓也沒關係啦，牠們的生命太短暫，我想養絕對不會比我早死、壽命很長的動物。」

「烏龜之類的？」

我開玩笑地說，她馬上接：「就是烏龜！」

話說回來，烏龜要上哪裡買呢？

從女僕咖啡廳返家時，我上網搜尋附近哪裡有賣烏龜。來到暢貨中心的寵物專區，這裡還真的有賣烏龜。

烏龜好便宜。

我過去從來不知道烏龜的價位，原來昂貴的品種也是千圓有找，那我不用特別打工存錢就能買了。

日本有一句俗諺說：「鶴千年，龜萬年。」但實際上，烏龜的壽命到底多長呢？應該不可能真的活一萬年吧，那已經是妖怪了。

我詢問店員後，得到「長則三十年」的答案；繼續詢問相關細節，才知道養烏龜還需要買水族箱及各類飼養用品，加起來要花不少錢。

「我過一陣子再來看看。」我留下這句話，決定暫時撤退。

「歡迎回來，我的主人～！我是小莉子～！」

打工第一天，留著亮麗短髮的女僕來到門口接待，我突然感到很抱歉。

「呃，我是今天來打工的新人，我叫岡田。」

她的雙頰逐漸染上兩朵紅雲。

「員、員工用的側門在另一邊，這是客人專用的玄關。」

錯的明明是我，她卻羞到彷彿想找地洞鑽下去。

「我叫平林莉子，永遠的十七歲，真實年齡也是十七歲，高中二年級。記得要對客人保密喔，以後請多指教。」

我小聲向她道謝，繞去側門。

一進去，他們就說老闆不在。我還來不及自我介紹，突然就被看起來沒事做的前輩女僕叫去廚房。負責做料理的我沒有制服穿，規定上只要穿白襯衫和黑長褲就好。我直接圍上代替制服的圍裙，踏入廚房。

令人訝異的是，廚房裡竟然沒有前輩。

詢問後才知道，負責做料理的人幾個月前和老闆吵架辭職了，接下來都是由女僕們輪班兼顧廚房工作。

「快點來幫忙！」

廚房內的氣氛與悠閒的店內成對比，猶如地獄般忙得不可開交。女僕們在殺氣騰騰的空間裡忙進忙出，一刻也不能休息，我實在看不下去，走進去一起幫忙。

「辛苦了。」

我從正午上工，下班時已經晚上十點。我累到不成人形，癱在辦公室裡，這時，我剛來上班時遇到的短髮女僕向我搭話。

「呃……小莉子前輩。」

這裡都習慣稱呼女僕的小名，客人如此，員工之間也照用，我覺得挺羞恥的，但人家說入境隨俗，我不應該隨便打破職場規矩。由於她年紀比我大一點，於是我比照「魚君先生(註2)」的方式，在暱稱後面又加上敬稱。

「岡田，上班第一天感覺怎麼樣？」

「這是我有生以來第一次做蛋糕。」

因為人手不足的關係，基本上我什麼都要做。我是第一次打工，坦白說完全沒想到打工會這麼累。

「方便的話，要不要一起回家？」

我找不到拒絕的理由，於是等小莉子前輩換好衣服，和她一起下班。

「岡田，我們同年嗎？」

「不，我小妳一歲，今年高一。」

「哇～沒想到呢！這裡的工讀生年紀都不輕，很意外吧？我一直是裡面最小的，現在很高興有你加入！偷偷和你說喔……廚師這份工作不好做，所以每個來應徵的人都撐不久。我有點擔心你的狀況，所以才會和你搭話。」

原來如此，看來那份工作的確算是比較辛苦。

「嗯，不過……我應該會繼續做吧。」

小莉子前輩聽見我的答案，露出訝異的表情。

「咦~你的反應很少見呢，想必有特殊原因?比方說，存錢幫女朋友買禮物？」

「……呃，我有我的理由。」

「你有女朋友嗎？」

「看起來像有嗎？」

「說不上來耶~」

小莉子前輩說完笑了笑。

夜裡，我腰痠背痛地回到家，父母已經回房就寢，餐桌上放著用保鮮膜封好的晚餐。我沒有食欲，直接把飯菜放入冰箱，迅速沖了個澡，準備回房間休息。

爬上樓梯來到二樓走廊，姊姊鳴子房間的門是開著的，這是很少見的情形。鳴子死後，她的房間一直維持原狀，我曾經感到受不了，想叫父母丟掉她的東西，把房間改成儲藏室，卻始終提不起勇氣開口。當然，這裡平時沒人會進來。

我走進去打開電燈。房內的壁櫥開著，大概是母親之前進來過吧，這種感傷念舊的行為不像父親會做的事。壁櫥裡堆滿瓦楞紙箱，當中塞滿姊姊當年的私人物品。

✽註2：日本藝人、魚類專家，本名宮澤正之。

看這種東西只是徒增感傷。

想歸想，我依然忍不住看了紙箱裡裝了什麼。最上層的箱子裡放著學校課本。鳴子和我就讀不同高中，因此教科書和我不盡相同。我拿起國文課本，隨手翻閱。

其中一頁畫了紅線。

是中原中也的詩〈春日狂想〉。

摯愛之人死去的時候，

我必須殺死自己。

詩的第一行畫了紅線。

……姊姊恐怕對這首詩懷抱著特殊情感。即使如此，我還是完全讀不懂詩。應該說，世界上真的有懂詩的人嗎？至少我迄今不曾遇過這樣的人。我有點意外自己的姊姊是會讀詩的人，因為鳴子生前……至少在男朋友過世前，她都是個精力充沛的女孩，完全不像是文學少女。

我想起鳴子的男朋友。

要形容的話，他是個爽朗的運動健將，也是我不擅長應付的類型。

嗚子對他的愛有多深呢？
話說回來，這首詩真是黑暗，黑暗到我覺得它不應該被選為教材。
愛人死亡的時候，自己也要跟著死？
聽你在鬼扯——我在心中輕聲吐嘈。

「你們店裡的蛋包飯上，真的會用番茄醬畫愛心嗎？」
真水興味盎然地吵著要聽我打工的趣事。
「對啊，而且大部分都是我弄的。」
我自認沒說什麼笑話，這句話卻不知道哪裡戳中她的笑點，讓她捧腹大笑。
「啊～你別再逗我了，我肚子好痛喔。」
「還滿好玩的啦，那家店的女僕裝也很講究。」
我邊說邊拿出手機拍的照片給她看。
「這個人……是誰？」
「啊～小莉子前輩。我說想拍店內制服的照片，她便說可以拍她。她大我一歲。」
「哦～」
不知怎地，真水突然失去興致地瞪著我，我完全不知道她為什麼忽然心情變差。接著她有些惱怒地說：

「我想試試看高空彈跳。」

這句話的語氣尖銳得像是一把刀。

「不要吧不要吧不要吧……」

「我想試我想試我想試！」

真水開始無理取鬧。

「我死也不要。」

我這樣對她說。

2

某天，我來到一座荒山的吊橋邊，在切結書上簽字。

內容大致為「本人若是因為意外而受傷或者死亡，一切責任將由本人自負」。這段文字還真是越看越教我心裡發寒，我突然間很想回家。

但我已經在上面簽了字，緊接著就是排隊等候上陣。

「呀啊啊啊啊啊啊啊啊啊啊啊啊啊！」

飛向高空的女子發出垂死般的慘叫。

我到底為什麼非得花錢受罪呢？

我感覺自己受到極為不合理的對待。

就在我嚇得半死的時候，不知不覺輪到我上場了。指導員以迅雷不及掩耳的速度在我身上扣上護具，我只能硬著頭皮上了。

我來到吊橋中央就定位置，拿出手機與真水視訊通話。她面對手機鏡頭，雀躍地說：『換你了嗎？換你了嗎？』等著我跳下去。

「手機不要帶在身上。」

指導員警告我，但我先一步往下跳。

我飛在空中。

眼前的世界實在太驚人，我疾速朝吊橋下的水面墜落，本能甚至告訴我：你死定了。

「嗚啊啊啊啊啊啊啊啊啊啊啊！」

我發出沒用的慘叫向下掉，繩索延伸到極限後向上反彈，我因此飛了起來。

『啊哈哈哈哈！』

真水發出爆笑，但我沒有多餘的心力仔細看她的表情。

「嗚哇啊啊啊！」

『呀哈哈哈！』

「嗚哇啊啊啊啊啊啊。」

『嘎哈哈哈哈哈！』

像這樣重複幾次之後，我的身體總算靜止。我被繩索吊著，如鐘擺左右搖晃。

「妳這下滿意了吧？」

我有些不耐煩地對她說。

『嗯，太開心了。』

真水不知道在開心什麼，笑著說道。

某天早上十點，我接到香山的電話。我心想反正一定又是為了無聊的事，所以一瞬間想無視他，但最後還是接起電話。

『我有事情想請你幫忙。』

香山開口第一句話就是這個，立刻令我後悔接起這通電話。

『你知道我最近在幹嘛嗎？』

「我打從心底沒興趣知道。」

我對於香山的私生活一點興趣也沒有，他想幹什麼都不關我的事——只要不要把我捲進去就好。

『我在整頓女性關係，這次想一口氣斷光光。』

香山沒有女朋友，「我是不交女朋友主義者」是他的口頭禪，但他同時非常有異性緣，隨時有對象能替換，短短一學期便引發糾紛。我也不知道詳細情形，總之他在電話那頭說，他會和所有女生分乾淨。

『可是，其中有個女人很麻煩，死都不肯和我分手，即使我說破嘴也沒用，所以想請你去幫我說。』

「你喔……」

我無言以對。連分手都叫別人去說，哪有人這麼隨便？

「反正我是不會答應的。」

『……欸，岡田，我到底該怎麼辦才好？對方一直逼我，我快被弄瘋了。』

香山突然換上示弱的語氣。透過電話，我看不見他的表情，所以也不確定他到底多麼沮喪。

『今天要不要見個面？我想直接和你談談。』

結果我在香山的半強迫下，答應至少聽他聊聊煩惱。

他提議在附近家庭餐廳靠窗的座位碰面，我來到指定地點時，手機收到他傳來的簡訊說：『在窗邊最裡面的位子。』走過去卻發現他不在那裡，出現的是別人。

而且是我很熟悉的人。

「咦？岡田，你怎麼在這裡……？」

坐在那裡的是我們的班導芳江老師。我腦中頓時一片空白，接著想到最糟糕的情形，不禁頭痛起來。這一刻，我是真心想殺了那傢伙。

因為芳江老師在哭，而且看起來哭了很久。

「芳江老師，妳是被香山叫來的嗎？」

「咦……嗯，是啊。」

芳江老師在我過來之前一直在滑手機，大概是在告訴香山她坐在什麼位子。

「香山不能來了……由我代替他聽妳說。」

「嗚哇！小彰和你講了我的事嗎？他也未免太瞧不起人了吧。」

芳江老師不是叫他「香山」而是喊「小彰」，我不得不接受這個事實。

看來香山下手後又想甩掉的女人，就是我的班導芳江老師。

我忍不住心想，他這樣子真的太沒節操了。

「那小子身為人類，有某方面真的很爛，妳千萬不要認真。」
我是想安慰她才這麼說，但其實這種時候我完全不知道該怎麼做才好。我自己都沒談過分手，當然不知道要怎麼勸人分手。
「說得直接點，那小子無法認真和有血有肉的真人交往。我之前和他聊過一次人生觀，他說只是想試試看同時和多人交往，因為人生就像一場遊戲。他永遠只想到自己。妳知道嗎？他今天還拜託我代替他來和妳談分手耶，真的爛透了吧。」
「岡田，你為什麼能這樣子批評他？你們不是朋友嗎？」
「我們才不是朋友，感情也沒有特別要好。我其實和他磁場不合，我們所處的世界實在相差太多。」
「那你今天為什麼要來？」
「香山不是我朋友……但曾經幫助過我。這件事說起來很複雜，反正我和他的交情就是這樣。」
「我不懂你在說什麼。」
芳江老師垂頭喪氣地說。
「有時候我看到小彰都會很害怕，因為他散發出一股危險的氣息。我無法輕易丟下他不管，會很擔心他，沒辦法離開他。你知道小彰的哥哥是出車禍去世的吧？聽他國中的老師說，他就是從那時候開始走偏的，還曾經在學校自殺未遂。這類報告都會從國中部轉到高中部來。」

我忍不住失笑。

「老師，這一定是哪裡搞錯了，香山絕對不可能自殺，他有很強的求生意志，不勞妳擔心，一個人也能活得好好的。他本來就我行我素，不容易被外界影響，一定沒問題的啦，我覺得他這方面還滿了不起的。」

芳江老師露出難以理解的表情。

「看來我不只是被香山瞧不起，也被你看輕了呢。好慘喔，老師覺得好沒面子，好想要消失。」

「對不起。」

我順口道歉。

「我是認真的。」

「香山不是認真的。」

我用芳江老師的話來嘲諷她，故意惹她生氣，希望她一氣之下，下定決心要離開香山。

「岡田，我有個請求。」

「什麼事？」

「我可以用可樂潑你嗎？」

「歡迎。」

下一秒，芳江老師真的把喝到一半的可樂潑在我身上。她留下一身濕的我，自個兒揚長而去。

離開家庭餐廳後，我打電話給香山。

「我覺得芳江老師很溫柔體貼。」

『所以我才不想和她在一起。』

香山笑著回答，那是一種神經病式的笑法。

「我討厭你。」

我留下這句話就掛斷電話。

雖然還沒熟悉這份打工，但是多虧小莉子前輩照顧有加，使我不用為人際關係煩惱。我原先有點擔心自己在都是女生的職場會顯得突兀，不過前輩似乎都有替我說好話，感覺一切還算順利。

「小莉子前輩，妳都在我做錯事的時候幫我說話對不對？對不起，謝謝妳。」

我趁某天和小莉子前輩一起回家時，抓住機會好好道謝。

「我希望你一直做下去呀，廚房沒有固定班底很傷腦筋呢。」

語畢，小莉子前輩有點害羞地笑了笑。

「對了，岡田，你等一下有事嗎？」

忽然，她若無其事地問道。

「啊……抱歉，我等一下要去跳舞。」

「咦？」

她聽似嚇了一跳。

「就在附近的夜店。」

「欸～你看起來不像會去夜店的人耶。」

「嗯，該怎麼說呢……我的確不是會去夜店的人。」

我不知道該怎麼說明才好。

「……那麼，我也要去。」

我被小莉子前輩這番話嚇到了。

「妳看起來不像會跳舞的人。」

「人不可貌相，我會跳喔。」

她露出大膽自信的笑容，不知道是真是假。

『我照妳說的來夜店囉。』

我對真水發送訊息，她馬上回訊。

『感覺怎麼樣？』

『怕怕的。』

我真的這麼想。一進來就看到滿身刺青的肌肉男，以及不知道是因為喝醉還是其他原因而狂笑不止的女人。

夜店的光線昏暗，閃著詭異的粉紅色與綠色燈光，感覺氣氛不太妙。是說，這裡本來就規定十八歲以下不得進入，老實說我有點七上八下，害怕突然被轟出去。

『偷偷拍照傳給我，不要被發現！』

看到真水的訊息後，我想打開相機，卻驚覺電量只剩下2％。

『我也想拍，但手機要沒電了。本艦將在此結束通信。』

『是喔，好吧，祝你好運。』

送出仿照落難太空船的訊息後，電池真的沒電了。

「岡田，你覺得好玩嗎～？」

這時小莉子前輩舞動著身軀出現，看起來她果真很常來，舞跳得挺不賴。

「跳舞好難。」

我笨拙地模仿小莉子前輩的動作擺動身體。

「岡田，你好遜喔，是像這樣。」

說完，她更加大膽地扭動身軀。

「像這樣嗎？」

我繼續模仿她的模樣跳舞。

「美女～要不要和我喝一杯？」

一個流裡流氣的男人和小莉子前輩搭話。

哦哦！這就是搭訕啊。

出生以來，我第一次目擊到搭訕現場。

「真不巧～今天男朋友陪我來耶。」

小莉子前輩忽然伸手攬住我的腰，害我嚇了好大一跳。

「抱歉喔。」

「你老幾啊？」

痞子男狠狠瞪著我，我感到大事不妙。

我猶豫了好幾秒。

接著……

「耶～～！」

我決定跳舞蒙混過去。痞子男一陣傻眼，小莉子前輩則笑得樂不可支。

「所以呢，我替打工地點的前輩小莉子英勇地擋掉了搭訕，怎麼樣？」

我滔滔不絕地描述當時的情形，把這個插曲告訴真水。

「真的嗎？卓也，你沒有騙人？」

她果然很敏銳。我看向旁邊，裝作沒聽見。

「唉～總之現場真是危機四伏，什麼時候遇敵都不奇怪，由我代替妳去是正確的決定。」

「……隨便啦。」

真水看著我，彷彿心裡有話要說。

「幹嘛？」

「沒事。」

她思索了一會兒，再度開口：

「怎麼可能沒事。」

「什麼意思？」

我感到莫名其妙。

「我也說不上來。」

該不會……一個念頭閃過腦海。

「真水，妳吃醋了？」

「……下一個任務是這個，麻煩你了。」

她的口吻銳利如刀，沒回答我的問題，直接拿出手機，螢幕上亮著某影音網站的影片，我膽戰心驚地按下播放鈕。

影片中有個像魔術師的男人，口中吐出龍一般的火焰。

「不不不，這我辦不到！」

我忍不住仰天長嘯。

不一會兒，熟面孔的護士進來，說檢查時間到了把真水帶走。

平時我都會趁這時候回家，今天卻心血來潮折返真水的病房。因為今天剛來的時候，真水難得在翻時尚雜誌。平時她只看文庫本小說，我很訝異她會看雜誌。我突然好奇起雜誌的內容，想偷翻幾頁來瞧瞧。

於是我趁著她不在，翻開那本時尚雜誌。

那是一本說不上是走高雅還是流行路線、風格成熟的雜誌，主要介紹國外的時裝秀，模特兒幾乎都是外國人。直到這時我才發現，至今我只看過真水穿睡衣的模樣。因為住院，她不得不如此，或許真正的她很愛打扮，只是對我難以啟齒。話說回來……一套洋裝日幣十九萬圓？這到底是什麼世界？這些人平時都吃什麼啊……魚子醬嗎？

我基於好奇心不停翻閱雜誌，發現某頁被摺起來。這是什麼？仔細一看，上面只有一張大幅的紅色高跟鞋照片。我下意識地拿出手機，拍下那一頁。

3

「岡田，你今天上班時跟死人一樣，怎麼了？」

小莉子前輩關心地問。

「問妳喔，妳表演過噴火秀嗎……？」

「咦？噴火秀？」

「我今天來上班之前，都在試怎麼噴火……」

小莉子前輩面露不解，聽不懂我在說什麼。也是啦，如果有人對我這麼說，我也會覺得那傢伙是神經病。

「你還好嗎？」

「還過得去。」

我們一起下班回家時，她再度出聲關懷，想必我的氣色很差。

「啊，我今天先走到這裡，等一下要買烏龜回家。」

「烏龜？」

小莉子前輩首度露出「我不聽懂！」的厭煩表情。

「要不要我陪你去？」

「不用啦，我可以自己去。」

「我很閒啊。」

「可是，呃……我想自己選烏龜。」

我好像成了對爬蟲類有特別堅持的怪人。這樣下去真的沒問題嗎？

回到家後，母親吃驚地問道：

「卓也，你這是怎麼回事？」

這是母親看見兒子抱著水族箱、養烏龜的用品及烏龜回家後，說出口的第一句話。

「我從今天開始養烏龜。」

語畢，我把手中的烏龜捧到母親面前。

母親卻頭暈似地扶額，嘆氣說道：

「你確定沒撞到頭？」

「沒事沒事。」

我在母親的抱怨下，在客廳角落設置水族箱。

「感覺你最近有點浮躁。」

母親發表評論。我以往的確不愛出門，如果沒事要辦，幾乎一整天都待在家，最近倒時常為了真水東奔西跑、忙進忙出。

「還是說，你終於比較有精神了……」

母親邊嘆氣邊咕噥。從旁人的角度來看，我可能給人一種找到新目標、變得活潑的錯覺吧，但實際上並不是這樣。

「哇～！」

真水雙眼閃閃發亮，開心地大叫。

「是烏龜！」

我也想過帶烏龜來醫院好不好的問題，而且怎麼想都覺得不太妥當……但是，我還是把牠藏進包包裡帶了過來。

「好棒喔，你居然還記得。」

「因為我提前領到打工的薪水了。」

收到烏龜會這麼開心的人，世界上恐怕只有她一個吧？

「哎哎，牠叫什麼名字？」

真水問。

「名字？烏龜就是烏龜啊。」

我不假思索地說。

「你是認真的……？」

「嗯。」

「這樣不行啦！」

真水生氣地嚷嚷。她總是一下子開心一下子生氣，忙得不可開交。

「夏目漱石還不是沒有幫貓取名字，直接叫『貓』。我直接叫牠『烏龜』有什麼不好？」

「你是卓也，不是漱石！人家曾去倫敦留學，你有嗎？人家曾在修善寺生過大病，你有嗎？」

這傢伙怎麼知道這麼多關於夏目漱石的冷知識？

「不然妳自己取。」

我乾脆把麻煩丟給她。

「咦？可以嗎？真的可以嗎？」

總覺得真水看起來很高興。

「我期待妳的命名品味。」

「龜之助。」

「這是哪門子的品味！」

我才被她慘烈的命名品味嚇到了。

「為什麼不行？很可愛呀。龜之助，你說對不對～？」

看來她已經在腦中把烏龜當成龜之助。如此這般，我家寵物終於有了名字，可喜可賀。

4

接下來，我依然過著被真水使來喚去的生活，每次她說出自己的「死前心願」，我都很想吐嘈：「這真的是妳本來就想做的事嗎？不是為了整我看好戲才加上去的吧？」畢竟當中有不少心願要我不懷疑也難。不過，即使百般為難，我還是完成了絕大部分的任務。

漫畫裡常看到偷摘鄰居家的柿子結果被罵的橋段，她說很好奇實際上如何，我試了以後果真被罵，只得拚命賠罪。我還去挑戰大胃王菜單，結果當然沒把超巨大的豬排飯吃完，最後付了三千日圓。

我試著在剪頭髮時指著雜誌封面說「請幫我剪成這樣」，結果剪完的髮型和平時沒啥兩樣。

她說想試試看打出全壘打，於是我深夜下班後天天去打擊中心報到，持續揮棒三天，終於擊中寫著「全壘打」的靶子，拿到的贈品卻是桌球拍，簡直莫名其妙。

她說想被搭訕一次看看，我耐不過她的要求，只好跑去站在鬧區的十字路口發呆。當然，沒人向我搭訕，我只好對路過的女人喊話：「要不要和我搭訕？」結果被當成搭訕菜鳥，惹來一頓痛罵。

我還試過去ＫＴＶ大唱特唱直到破音，隔天我的聲音沙啞到像邪惡的魔法師，真水見了捧腹大笑。

並不是真水的要求我都照單全收，當中其實有許多事情超出我的能力範圍。比方說跳上計程車對司機說「載我到海邊」，我很擔心錢不夠用，當然不敢試。

她還想射殺殭屍，很遺憾我住的世界沒有殭屍，我愛莫能助。另外，以時速兩百公里飆車兜風太危險了，當然不能試。我沒有汽車駕照，就算有也沒膽這樣做。

總之，我挺佩服她能想出這麼多餿主意，裡面幾乎沒一件事是我自己想做的。

每次我完成她半開玩笑提出的「死前心願」，向她報告結果時，她都是發自內心地露出笑容，所以我也不覺得吃虧。那段日子，我過得很開心。

「謝謝你，這樣一來，我的遺憾又少一個。」

報告完去ＫＴＶ的心得後，她最後說了這句話。

我突然驚覺。

自己背負的任務，是在替真水減少心中對於陽世的遺憾。

當她對世界的留戀一個接著一個消失，最後她會變得怎麼樣呢？

「喂，真水。」

我忍不住想確認。

「嗯？」

「妳曾經想過要自殺嗎？」

真水的表情不為所動，用日常對話的語氣說：

「每天都想啊。」

這種回答方式讓我心頭一驚。

——每天都想啊。

總之，我知道她不是在說謊。

這個問題，我從前也問過鳴子，但我忘記鳴子當時是怎麼回答。

我只知道自從男友去世後，鳴子時常出門閒晃。

說是出門閒晃，但不是去見朋友，也不是出去玩。

真的只是在走路，而且不是散步那麼溫和的運動，動輒五、六個小時就只是漫無目的地一直走、一直走。

鳴子有一套固定模式，不會設定目的地，想到時就開始走、想去哪裡就去哪裡，只是一直走下去，不會分配速度，也不會半途休息，累了似乎就搭電車或計程車回家。

鳴子就是在夜晚散步時出事的。

她過世以後，我大概每個月會找一天學她出門閒晃。為了不被母親發現，我都選深夜瞞著母親偷偷溜出家門，漫無目標地四處亂走。這時我會小心遵守鳴子單純的原則，不設定目的地，徬徨地獨自行走。

不過，我曾經和香山一起走過一次。

那是國中畢業旅行的夜晚，這種時候大家總是喜歡鬧成一團，班上同學瞞著老師喝起酒，暢快地聊著誰暗戀誰、誰和誰交往等八卦，在那種氣氛下，我實在很難開口說我想自己先去睡覺，而且，就算想睡可能也吵到睡不著。

就在我準備溜出住宿的飯店時，在樓梯間偶遇香山。

「岡田，這麼晚了，你想去哪？」

「……出去走走。」

「我也要去。」

我拒絕但香山還是硬要跟來，所以我就走我自己的，不理會他。香山雖然強勢地跟來，但沒有特別和我搭話。

畢業旅行的夜晚，我倆只是沉默地走著。

我幾乎沒轉彎，朝著前方一直走，盡可能往無人的地方前進。越走我越不想回去，想一直走到死亡為止，然而，走了一陣子我便累到走不動。

剛好附近有一座小神社，我累癱在神社內，香山在自動販賣機買了飲料，並丟給我一瓶。

「你病得不輕耶。」

香山盯著我，傻眼不已。

「我很正常。」

我拉開拉環，碳酸一下子噴出來，應該很甜的飲料嘗起來苦苦的。

「根據我個人的見解，你是哪裡也去不了的類型。」

香山吐出意味深長的話。我有點惱怒，覺得自己被看輕了。

「那你就哪裡都能去嗎？」

「我和岡田不同，比你看開多了，大哥死後我還是過得很開心。我把現實當成遊戲，反正人遲早要死，看得太重沒意義。因為這樣，即使我傷害到別人，自己也不會因此受傷。」

我對他這番話完全無法產生共鳴。

「我只想玩。」

「隨便你。」

我厭煩地說。

「岡田啊，你就負責煩惱吧。」

他的說法像是要我連他的份一同煩惱。

「你真囉唆。」

我把喝光的飲料空瓶扔進垃圾桶裡。

對了，我想起來了。

「有時候，我會想逃去一個不是這裡的地方。」

記得有次我問的時候，鳴子如此回答。

鳴子說的沒錯，日常生活有時會煩悶到令人喘不過氣。原來如此，這恐怕就是我持續去見渡良瀨真水的原因。

「我想做做看蛋糕。」

某天真水又突發奇想。

我驀然發現，大胃王、偷柿子——她的許多願望都與食物有關，難道她是……

「你說誰是貪吃鬼呀？」

最近真水越來越能看穿我的心思，我有點緊張地回答：

「好吧，沒問題，我做好帶來給妳吃。」

「謝謝……但我不確定吃不吃得完。」

真水忽然黯然失色，她已經很久沒露出這種表情。

「沒關係啊，剩下的我來解決。」

「啊，不過有件事請聽我說，我接下來要做一項比較大的檢查。最近我不是精神不錯嗎？等檢查報告出爐，我或許可以短期出院喔。」

「那妳想去哪裡？有沒有想去的地方？」

「沒辦法離開太遠就是了。啊，這件事交給你來想吧。」

「和平時相反耶。」

「偶爾這樣也不錯啊，去卓也你想去的地方。我很期待和你一起去，所以會加油的。」

真水換上明亮的表情，自顧自地決定了。

放學後我去女僕咖啡廳打工，下班時利用廚房做蛋糕。幸好店裡本來就有賣蛋糕，我知道怎麼做，材料很充足，老闆也不在，別被發現就不會挨罵。

「岡田，你在做什麼？」

小莉子前輩忽然探出頭。

「啊，我在做私人蛋糕。」

「需要幫忙嗎？」

「不……我做蛋糕的時候……」

「主張一個人做？」

她賭氣似地說，我一時之間不知該怎麼回答。

「下次一起吧。」

我丟出了常見的場面話。

「下次嗎？我們說好了喔？」

小莉子前輩說完就回去了。

「這蛋糕不會太甜了嗎？」

真水皺眉說道。

「嫌就不要吃啊。」

這個草莓塔蛋糕是我原創的得意之作，店裡的菜單上可沒有。

我可是憑著意志力努力撐到晚上十一點多，結果還被嫌東嫌西，令我有點生氣。

「抱歉抱歉，甜甜的很好吃啊！卓也，不要鬧脾氣嘛～」

我伸手想奪回盤子，真水急忙擋下我的手。
最後在閒聊中，真水將我遞給她的份吃得一乾二淨。
「怎樣？好吃吧？」
我洋洋得意地問。
「卓也，你真是個料理天才！」
說得這麼誇張，聽起來反而像是騙人的。
「對了，真水，妳是穿什麼罩杯？」
我不經意地偷問，真水馬上賞我一記拳頭。
「為什麼突然這麼問啦！」
「好奇啊。」
「不公開。」
「體重呢？」
「不知道。」
「血型？」
「祕密。」
「等等，血型告訴我沒關係吧？」

「……O型。」

「鞋子穿什麼尺寸？」

「二十四。」

「妳腳好大喔。」

「哪有！很普通啊！」

真水生氣了，我也摸摸鼻子回家。

回家後，我和母親一起吃完剩下的蛋糕。

「你爸爸不愛吃甜的，真沒口福呢。媽媽好意外你會做蛋糕，這叫什麼？」

「草莓塔蛋糕。」

我邊把蛋糕移到盤子上邊說。

母親馬上拿來叉子，切了一口蛋糕放入嘴裡。

「這什麼啊？你是不是弄錯砂糖的分量？」

母親皺著臉向我抗議。不可能啊……我邊想邊吃了一口。

「好甜！」

甜到舌頭都痛了。

「她竟然吃得下去……」
我不小心說溜嘴。
「你說誰？」
「呃……什麼都沒有。」
我移開視線，剛好瞥見客廳角落水族箱裡的龜之助在打呵欠。原來烏龜也會打呵欠。
「媽，龜之助會吃蛋糕嗎？」
「當然不會啊。」
我也覺得應該不會，但忍不住想試試看。我用叉子叉起一小塊蛋糕，放進水族箱裡。
「喂，別這樣，要是牠吃壞肚子怎麼辦？」
我觀察了一陣子後，龜之助才對蛋糕產生興趣。
會吃嗎？不吃嗎？
只見烏龜張口，咬住蛋糕。
呸！
吐出來了。
我一陣失望。
「一定是太甜了啦。」

母親對龜之助表達同情，接著去廚房洗盤子。

幾天後，我再度去病房探訪真水，她心血來潮塗了粉紅色的指甲油。

「哦哦，妳今天怎麼不太一樣？有喜歡的男生要來？」

我把東西藏在背後慢慢走近。

「就是說啊，等你走了以後，班尼迪克・康柏拜區要來看我。」

「妳喜歡班尼迪克・康柏拜區那型的喔……？」

我果然搞不懂她的眼光。

「唉～每天每夜看著一樣的病房和一樣的風景，好無聊喔。」

真水抱怨。

「這也沒辦法。」

「是這樣沒錯啦。啊，對喔，這樣想想龜之助好可憐。」

真水突然開口。

「因為牠這一生都只能活在水族箱裡，和我一樣。就算只有一次也好，好想讓牠看看海洋。」

真水的語氣透露出一絲惆悵。我不知該怎麼回答，甚至覺得她這段話把「寵物」這個概念給否定掉了。

「卓也，你從剛剛就把什麼東西藏在背後，那是什麼？」

「沒有啊，有東西掉在地板上，我只是剛好撿起來。」

說完，我把東西交給她。那是一個純白鞋盒。

「你送禮的方式還真是世界第一爛耶。」

真水好像真的感到掃興，有點不高興地打開鞋盒。

「不會吧！為什麼為什麼為什麼？」

她拿出東西，用不敢置信的眼神盯著瞧。

那是一雙紅色高跟鞋。

和那本雜誌廣告上登的高跟鞋是完全相同的品牌和款式。我去查了一下，並在百貨公司順利買到鞋子。

「我超想要這雙鞋。」

「快點穿穿看。」

「可以嗎？」

真水有些顧慮地抬眼瞅著我，這個表情對我來說頗為新鮮。

接著，她小心翼翼又雀躍不已地伸出腳，套上高跟鞋。

「適合嗎？尺寸合嗎？我真的可以穿嗎？」
忐忑的真水，看起來宛如童話故事裡的灰姑娘。
「哇，剛剛好，為什麼？好強喔！卓也，你會讀心術嗎？」
合的不只有尺寸，紅鞋搭上真水細直白皙的腳，真的很美。
「尺寸是我上次問妳才知道的。」
「啊！」
真水露出恍然大悟的表情，訝異地望著我。
「卓也，你很會嘛。」
「還好啦。」
真水兩腳穿上高跟鞋，坐在床上舞動雙腿。
「啊～好想去玩拍貼機。」
她用憧憬的表情望著天花板繼續說。
「我想和一般人一樣去拍大頭貼，不是因為想完成死前心願才去拍。」
接著，她跳下病床。
「我從國中開始住院，在住院的期間從孩子變成大人。」
高中一年級似乎還不能稱為大人，但我大概了解真水想傳達的意思，所以沒有在這種時候亂吐嘈。

「我走走看喔。」

真水挺直背脊，姿勢優雅地在病房中漫步，走向多人病房入口的另一端，消失了一會兒又回來，婀娜的步伐像個走時尚伸展台的模特兒。我忍不住笑了，只見她手扠腰，雙腿微微張開，架式十足。

「欸欸欸欸欸，怎麼樣？」

我笑著拍手，真水露出靦腆的笑容。

真水走回床旁邊，對我輕輕咬耳朵。

「我是D罩杯喔。」

這次換我臉紅了。

我不知道這時候該做何回應……於是再度拍手，真水也笑了。

回家之後，我和平時一樣，躺在鳴子的佛壇前，翻開買來的休閒雜誌。如果真水的檢查結果順利，我們就能單獨出去玩了。我隨意翻著雜誌，想找個能單日來回的景點，就在這時，手機震動起來。

『檢查結果出爐了，一點也不好。』

是真水傳來的訊息。

我把整本雜誌扔進垃圾桶裡。

5

真水住的醫院一樓是掛號處，前面是成排公家機關特有的褪色長椅。某天我去醫院探病，看到律阿姨坐在那裡，我走過去想和她打招呼，但她神色有異，看起來面如死灰。

她的臉色白得像紙，神情凝重，仔細看正微微發抖。不是只有手指和腳在抖動，而是全身震顫，令人看得於心不忍。我吞回到口的「午安」，改問：「您沒事吧？」

律阿姨轉向我，表情像發著高燒。

「……你今天也來探望真水嗎？」

「發生什麼事？」

我壓抑著不安詢問。

「我這個當母親的，不能再這樣下去了。」

回答「是啊」似乎不太好，說「沒這回事」也不太對，所以我靜靜地沒開口。片刻之後，律阿姨拿起放在旁邊的紙袋交給我。

「不好意思，請幫我把東西交給她。」

您自己給她不就好了——腦中瞬間閃過這句話，但我默默收下，沒有多問。

「現在的我，最好還是不要與她見面。」

律阿姨說完起身，對我說「拜託你了」，踩著蹣跚的腳步走向出口。我茫然目送她離去後，前往真水的病房。搭電梯時，我反覆回想律阿姨所說的是什麼意思，腦中淨是不好的想像。

一進病房，我立刻對上真水的雙眼。

「我還以為你不來了。」

窗外灑落的月光淡淡照亮她的身影，我再次感嘆於她的美。倘若她沒有生病，會活出什麼樣的人生呢？想必她會被人群包圍，比現在開朗許多吧？如此一來，我們或許就不會相遇。

「妳為什麼這麼想？」

我在床邊的圓椅坐下，蹺起雙腿。

「我以為你生氣了。」

「我為什麼要生氣？」

「是我主動說要出去玩，結果泡湯了。」
「我幹嘛要為了這種事情生氣？」
我完全不懂她的邏輯。
「我常常覺得自己太任性，給你造成許多困擾，有一天你終於忍無可忍，就再也不會來找我，我們到此結束。」
「我才不會那麼做呢。」
我並未仔細深思，只是為了安撫她而說。
「問你喔，如果有一天我叫你千萬不要來，你還是會來看我嗎？」
真水用這個前後矛盾的問題來找我碴。
……她似乎變得很脆弱，我不太確定原因是什麼，可能是檢查結果不好，或是種種因素加起來造成的。
「不要亂操心啦。」
我將律阿姨交付我的紙袋遞給她，結束這段話。
「我剛剛在大門口遇到妳媽媽，她好像有急事要辦，要我把這個交給妳。」
「我媽媽本來沒那麼壞的。卓也，上次真抱歉。她以前是一位溫柔的母親，大概是因為我的關係累壞了。」

真水邊說邊拿出紙袋內的東西，那是編織用的棒針，和織到一半的毛織物。

「那是什麼？」我好奇地問。

「我大概是從剛上國中的時候開始織的吧，但很快就半途而廢。我最近突然想起它，想說乾脆把它織完，不要留下遺憾。」

真水呆望著織到一半的毛織物，露出無能為力的表情。那團東西還看不出形狀。

「我當時想織毛衣，現在應該已經來不及了吧？」

「怎麼說？」

「冬天還要很久才來呀，春天織毛衣好像只是白忙一場。」

真水深深嘆氣，接著側躺在床上，眼神憂鬱地看著我。

「欸，下一個願望呢？」

我一如既往地詢問她。

「這個嘛……我想觀測星象～」

真水有點強顏歡笑，用撒嬌的聲音說。「我最喜歡看星星了～」這是我第一次聽到她用這種語氣說話。

我們之間的距離似乎縮短了一點。不，或許離得太近了。

6

聽說人類的身體本來就會發出微光，只是微弱到肉眼看不到的程度，因此人們在日常生活中沒有意識到這件事。不只是人類，所有生物都會散發微小的光芒，那種光被稱作生物光子（biophoton），強度似乎只有星光的百分之一。所謂的發光病，可能是這種生物光子出現嚴重失衡的現象。

那天我返家後，夜裡躺在床上眺望著天花板，獨自深思許久。

我能為真水做些什麼？

她的死前心願清單當中，哪一項是她真正的願望？

我突然在意起這件事。

當我一個接著一個逐漸完成真水的心願後，也發現她的精神狀態越來越趨近於死亡。

我不禁懷疑自己是不是做錯事了。

那一夜我輾轉反側。朝時鐘一看，已過半夜兩點。我是午夜十二點左右躺上床，所以已經翻來覆去苦思了兩小時。

我從床上坐起身，走下一樓，來到全黑的廚房摸索冰箱，冰箱裡流瀉出的光芒十分刺眼。我有點餓，想看看有沒有什麼東西可以吃。

我用手指捏起火腿和氣泡水，來到陽台，夏夜裡傳來蟲鳴聲。

儘管覺得這個時間應該沒人醒著，我還是撥電話給香山。

『幹嘛？岡田喔，真難得。』

「香山，你怎麼還醒著，早點睡啊。」

我沒來由地感到好笑，還笑了出來。

『你到底想怎樣……喂，你人在哪裡？』

「我家陽台啊。」

『二樓嗎？』

「一樓，你不要瞎操心啦。」

『一樓就好。你有喝酒嗎？』

經他這麼一說我才想到，人通常會在這時候喝酒解愁。

「我還未成年。」

『你沒喝過喔？』

「也不是完全沒喝過。」

『好吧，感覺你沒喝醉，那你這個時間待在陽台幹嘛？』

「問你喔，你知道我為什麼失眠嗎？」

『鬼才知道。』

香山用鼻子發出哼笑聲，是平時的他沒錯。

「香山，渡良瀨真水的病情不樂觀。」

『所以呢？』

「你不去看看她嗎？」

『……下次有心情的話。』

「對了，香山，你為什麼突然和那些女人保持距離？」

『這個嘛，覺得空虛吧。』

「你一講正經話我反而不安。問你喔，你是不是真心愛上某個女生？」

『老實說吧，我想和初戀的女生告白，所以想趁告白之前和女人們斷乾淨。』

「你在開玩笑？」

『當然是玩笑。』

這時電話突然中斷，不知道是他掛斷了還是收訊不佳。想想似乎沒有重撥的必要，所以我就此結束對話。

接著，我站著吃完火腿，心裡一直很想配美乃滋。

我從陽台回到屋內，在姊姊的牌位前彎腰坐下。

欸，鳴子。

——摯愛之人死去的時候，我必須殺死自己。

我還沒有把那個祕密說出去喔。

我會遵守約定。

喀沙……背後傳來微弱的聲響，回頭一看，龜之助也半夜不睡覺，溜出水族箱在客廳的地板上夜間散步。我急忙捉住牠，將牠放回水族箱裡。

我忽然覺得，人類的煩惱看在龜之助眼裡，或許都顯得微不足道。

原以為如此一來能睡個好覺，結果不然，回到自己房間後，我還是嚴重失眠。

「唉……」

我不自覺地發出嘆息，在棉被裡哀號了好幾聲並滾來滾去，最後在忽然閃現又消失的無意義思緒中睡著。

＊＊＊

隔天去學校，真水出現在教室，坐在我的隔壁桌。

「早安，卓也。」
我嚇了好大一跳。
「真、真水，妳怎麼來了！」
「我的發光病都好了，醫生也說這是奇蹟發生。」
仔細一瞧，真水的氣色變得很好。
「你看。」
真水原地轉一圈，翩然一跳。
「我好到甚至能在空中飛呢。」
「是嗎？太好了。」
看到她恢復健康，我發自內心感到高興。
「我們接下來就能一起上學了。卓也，請多指教。」
我喜不自勝，沒想到這個世界上真的會有奇蹟發生。
我和真水一起吃午餐，看見她既開心又雀躍地笑著。
「我們下次一起出去玩吧。」
真水提議道，我則莫名小鹿亂撞。
「這是約會嗎？」

「呆瓜。」

她害羞地笑了。接著，我們暢談週末要去哪裡玩，這裡也想去、那裡也想去，兩人天馬行空地幻想。只要是和真水在一起，去哪裡都很開心。

可是……其實我心裡知道。

真相慢慢浮現。

世界上沒有這麼美好的未來在等著我們。

奇蹟不可能發生，這裡並不是現實。與她聊得越多，我越發現這點。

「卓也，你怎麼了？」

真水用不可思議的表情看著我。

「你為什麼在哭呢？」

我只是不停流淚，原因不得而知。

＊＊＊

我在這時睜開眼睛，那當然是夢。不知不覺窗外已經天亮，我感到渾身無力，身體動彈不得。

哭泣並不是夢，我在現實中也在哭泣。
即使甦醒，我的眼淚還是停不下來。
遲早有一天，真水會離開。
那一刻來臨時，我該怎麼辦？
那一刻來臨前，我該怎麼辦？

我後來靈機一動，心想觀星這件事在醫院似乎也辦得到，問題在於真水住的醫院會客時間只到晚上八點。現在是夏季，八點時天色還很亮，不利於觀星。

我決定在會客時間後偷偷溜進醫院。

過了熄燈時間，院內只剩值班人員。我從緊急出入口溜進去，手上抱著望遠鏡，躡手躡腳地爬樓梯前往真水的病房。這不是太專業的天文望遠鏡，不過也是在百貨公司花了將近四萬日圓買的替代品，我的打工費幾乎在這一筆開銷當中用完了，但想到這麼做能讓真水高興，我便覺得很值得。

我從緊急逃生梯溜進醫院，吞聲屏息在走廊上前進，要是被醫護人員發現就玩完了。我叫自己別緊張，小心翼翼來到真水所住的病房，躡手躡腳地走到病床旁搖醒她。真水吃驚地張開眼睛。

「卓也，你怎麼在這裡？」
「小聲一點，我們現在去頂樓吧。」
我用氣音對她說。
真水似乎還沒睡醒，我亮出帶來的望遠鏡，她總算恍然大悟。
「現在去……？」
「你不用為我做到這種地步……等等，我馬上起來。」
真水緩緩起身，我扶著她的身體前往頂樓。醫院的屋頂和學校的屋頂不一樣，是開放式的，大概是為了方便晾曬換洗衣物，放眼望去都是曬衣架。我在角落發現一張塑膠長椅，扶著真水在那裡坐下。
「我也是第一次用望遠鏡。」
至今從沒觀星經驗的我，在黑夜中瞇眼讀著說明書，在真水身邊架設望遠鏡。
「討厭。」
真水發出小聲的慘叫，我嚇得急忙回頭。
然後瞪大雙眼。
有時我會在須臾間忘記真水身患發光病。與她獨處的時候，我甚至會覺得她說自己生病是不是在說謊。

事實上，當然沒這回事。

真水的身體微微發出朦朧的光芒，從長袖睡衣伸出的手臂肌膚發出白色螢光……這是發光病特有的病徵。仰望天空，月亮在晴朗的夜空中皎潔發亮，她的身體照到月光、散發光芒，這印證了發光病的確侵蝕著她的軀體。

「好丟臉，別看。」

真水懇求我，但我完全不覺得她現在的模樣哪裡丟人。

「對不起。」

我先道歉，然後老實說出感想。

「對不起，可是，妳看起來很漂亮。」

這是我真實的心情。她虛無飄渺的生命，宛如螢火蟲的光芒，在黑夜的屋頂上發光。

「我太大意了，早知道不應該跟你來頂樓的。」

不知為何，真水似乎因為被我看見這一幕而深受打擊。

「卓也，你嚇到了吧？」

我完全不這麼想，卻不知道該怎麼好好把自己的想法傳達給她。

「很像怪物或是妖怪吧。」

從這裡可以看出，真水因為自己患病的身體而感到自卑。

「真水就是真水啊。」

我終究只能說出這句話，然後靜靜架好望遠鏡，瞇眼確認鏡頭有沒有裝好。沒問題，可以看見星星，我想以一個外行人來說，我已經做得很不錯。

「今天天氣很好，看得很清楚喔。」

我要真水快點來看，她莫名膽怯地把眼睛湊上去。

「哇……真的耶。」

真水一下子就被吸入望遠鏡中的世界，反應猶如初次看萬花筒的孩子。

「這個世界上竟然有這麼美麗的東西。」

她的音色中滿溢新鮮與驚奇。能聽到她的讚嘆，我就感到心滿意足了。

「對了，卓也，你有女朋友嗎？」

真水雙眼不離望遠鏡，朝我發問。

「當然沒有啊……否則我還會這麼常來嗎？」

「也是喔。好吧，你沒有女朋友。那你有暗戀的人嗎？」

真水轉頭注視我，表情無比認真。

「我其實會怕。」

我沒看著她的眼睛回答。

「害怕愛上人嗎？」

我無法回答這個問題。忽然間，鳴子的臉孔閃過腦海。我輕輕甩頭，想拋開那個沉重的想像，取而代之地說：

「我不受歡迎啦。」

「我可不這麼認為。」

下一秒，真水突然踏出腳步，動作輕盈地朝我走近兩、三步，輕輕抓住我的手臂。這種令人不能說「不」的接近方式非常高明。

「要不要先來演練看看？卓也，這可以幫助你交到女朋友。」

「不需要啦。」

我只能給她一個苦笑。

「我自己也想試試啊。求求你，五分鐘就好。」

說完，她強勢地把我拉到望遠鏡邊。

「這也是妳死前想完成的心願嗎？」

她不回答，而是催我在她身旁坐下，看向望遠鏡。

頃刻間，宇宙在我的眼前展開，感覺像化學實驗課窺看顯微鏡時，世界的比例尺瞬間一變，本來在遙遠天邊的小星星一口氣朝眼前飛來。這雖然是我自己買的望遠鏡，但我也是第一次有這種體驗。

如果沒有認識真水，我恐怕沒有機會像這樣眺望夜空。

「說說看浪漫的台詞吧。」

宛如心電感應一般，她的聲音從視野外傳來。

「什麼？妳這是強人所難。」

「夏夜、觀星、身旁有充滿魅力的異性——三大浪漫要素都湊齊了喔？」

「妳自己就說得出口？」

「……不一定啊。」

這真是無理取鬧的要求。我搜尋腦內記憶，想不出什麼厲害的台詞，因為我實在沒看過幾部愛情文藝片。

「例如說，我想永遠和妳在一起？」

我回頭確認真水的表情，她看起來毫無反應。

「我是真心愛著妳？」

「真心不用刻意強調啦！」

「我可以為了妳去死。」

「哦？你是認真的？」

「妳這樣太狡詐了。」
我終於忍無可忍地反駁。
「都是我被妳壓著打，而妳只需要冷靜吐嘈，這樣太不公平。」
那要怎麼做？真水微微歪頭，表情像是這麼問。
「如果妳跟我一起說，我可能會比較有幹勁。」
只要妳敢說，我還怕聽嗎？這是我當下的心情。
「……我知道了。」
真水說完，又貼近了半步，幾乎是挨著我蹲下來。我有點想後退，但因為賭氣的關係沒有移動，就這樣待在原地。
「現在彷彿世界上只有我們兩個人呢。」
她轉頭望了頂樓一圈說道。深夜的屋頂上，感覺不到一絲人煙。
「如果這是真的，妳怎麼辦？」
「那就只能和你結婚囉。」
「『只能』是什麼意思？」
真水無視我的反問，露出意味深長的笑容。
「你試著求婚看看嘛。」

她露出親暱到令人不舒服的笑容說。

「無論健康或是疾苦，我都願意一生一世愛護著妳。」

「我也會一直喜歡你。」

真水凝視著我，我也回望著她。

「妳開玩笑的吧？」

我確認道。

「很好笑吧。」

她回答時完全沒笑容。

接著她伸出雙手，像是要抓住夜空。

「問你喔，就連那麼漂亮的星星，也有壽命用盡的一天，對吧？」

這是在知道答案的前提下提出的問題。

我把望遠鏡對向南方天空，一面回想課堂上學過的淺薄天文知識一面尋找星星。

「閃紅光的星星就是將死的星星，當中最有名的是天蠍座的心宿二，最後它會燃燒殆盡而死。」

我將望遠鏡對準那裡，要真水來看。

「有朝一日，會不會夜空中的星星全都變成紅色呢？」

真水語帶嘆息。我試著想像一下，卻無法明確勾勒出那樣的畫面。

「星星死了，會變得怎麼樣？」

「不再發光，變成殘骸或是黑洞。」

質量大的星星死後會因重力而崩潰形成黑洞，沒有任何物質和光能逃出黑洞的手掌，全都會被吞噬進去。黑洞會經由吸收宇宙中的星體逐漸成長、合而為一，因此變得越來越巨大。

「那麼，人類會被死掉的人吸走嗎？」

我大吃一驚，轉頭注視真水。

「我才不想變成黑洞。」

這句話的口吻格外感傷。

我想說「沒人想變成黑洞」，但沒有說出口。

心宿二是人類的肉眼能看見的星星，是天蠍座的心臟。對了，會不會那隻蠍子死去之後，是希望能為某個人帶來幸福，才化為照亮夜空的星星呢？

老實說，我也想要那樣死去。

「如果星星全部變成殘骸或是黑洞，觀測星象一定會變得很無聊吧。」

「在那之前，地球早就滅亡了。」

地球的末日——聽起來好像科幻小說。

「宇宙最後會變得怎麼樣呢？」

「大概會滅亡吧。」

從前我在圖書館打發時間時，曾經讀過一本這樣的書。人生必然會結束，宇宙也有壽終的一天。

「既然這樣，這個世界存在的意義到底是什麼？」

「沒有意義吧。所謂的意義，都是人類附加上去的。」

活著本身並不具有特殊意義。

沒有一項東西是真正具有意義。宇宙隨著熵（註3）無限增大，陷入熱寂狀態（註4）滅亡，一切都將走向滅絕，剩下的只有寂靜，沒有生命能夠存亡，歷史和語言也會跟著消失。

那只是偶然誕生於大爆炸的宇宙，緩緩邁向冷卻的過程。老實說，毫無意義地探究沒有道理地出現、流動於生物腦內的意識有何意義這件事，對我來說很痛苦。

「這哪裡是浪漫的話題？」

她微微嘟起小嘴，視線又回到望遠鏡上。

接下來我倆不再說話。

有時沉默會使人失去現實感，當時也是如此。大概是星星和宇宙的話題的影響吧，只要改變觀看世界的比例尺，就會感覺自己有如微生物一般渺小。

真水不再和我說話，專心看著星星。

「真的好美……」

她完全被望遠鏡中的世界吸了進去。

看著她毫無警覺的背影，我想到一件事。她從長髮間閃現的肌膚，就像從窗簾縫隙漏出的光，又白又亮。

「真水，我喜歡妳。」

她沒有注視我的方向，彷彿當我不曾開口，毫無反應地維持相同姿勢。

「已經過了五分鐘喔。」

她的聲音微微發抖。

我看不見她的表情，還是一樣無法揣測她心中的想法。

「這不是玩笑。」

✽註3：熵，Entropy。一八五四年由德國物理學家克勞修斯提出的概念，被用於計算一個系統中的失序現象和系統的混亂程度。

◆註4：熱寂（Heat death of the universe），猜想宇宙終極命運的一種假說。

我用認真的語氣說。

數個瞬間的沉默流逝而過。

我悄然等待。

「對不起。」

她的聲音，聽起來像是在流淚。

妳 和 羅 密 歐 與 茱 麗 葉

Y o u a r e J u l i e t .

1

我們高中規定高一新生要在文化祭上表演話劇，我們班已經投票決定好要演什麼戲。

《羅密歐與茱麗葉》。

就算演來演去都是那幾齣戲，這也未免太老哏了吧。

現在正要進行選角。

「先從茱麗葉開始吧，想演的同學們，請踴躍舉手參加。」

班導芳江老師說。看她一臉神清氣爽，應該是已經走出那段情傷。回頭想想，香山會選在暑假提分手，大概是希望她利用這段時間整頓心情。

放眼望去，大家似乎都刻意閃躲。我們學校是程度中等的升學高中，許多人從高一開始補習，因此有意願參加這類活動的人僅占少數。如果是配角還好，換作是台詞和排練量最大的主角，大家都避之唯恐不及。每個班都差不多如此，不是只有我們班特別消極。通常遇到這種情形，最後都是由老師決定。

「沒有同學要自願嗎……」

芳江老師不得不表示遺憾。

這一刻，我做了深呼吸，牙一咬後用力舉手。

「我！」

班上頓時爆出一陣騷動，所有人都在笑，而且是哄堂大笑，但我可不是為了逗大家笑才舉手的。

「呃，現在是在選茱麗葉喔，岡田，你是男生耶。」

「我從很久以前就想穿穿看女裝。」

語畢，同學們笑得更大聲了。

「不行啦。沒有女生想自告奮勇嗎？」

老師淡淡地岔開話題，催促其他同學舉手。很遺憾，還是沒人舉手。多說無益，真的就是沒人想演。就在這時，不知誰說：

「由男生來反串，說不定更有話題啊。」

「有道理。」「很好笑啊。」「會紅。」面對這個提案，眾人紛紛表達贊同的聲音，芳江老師不敵眾議，終於放軟態度：

「嗯……老師是不太贊同啦，不過最後還是要由全班同學來表決。好，贊成岡田演茱麗葉的人舉手！」

同學們三三兩兩地舉手，人數越來越多。大致看過去，教室裡三分之二以上的同學都舉手了。

「好，那就決定由岡田來演囉。不過，如果晚點有女孩子想自願演出，就由那個人來飾演茱麗葉。這樣好嗎？」

我想那種事情不太可能發生，不過目前就先聽從芳江老師的建議，讓班會能繼續下去吧。

「接下來選羅密歐。既然這樣，羅密歐就由女孩子來演？」

芳江老師的口吻半帶玩笑，應該不是認真的。結果一樣沒人舉手，老師露出困窘的表情掃視教室。

這時，香山舉手了。

「我來演。」

「好、好啊，那就麻煩香山。」

芳江老師暗吃一驚，然後在黑板上寫下我和香山的名字。

羅密歐　香山彰

茱麗葉　岡田卓也

好扯的選角——看到我們的名字被寫在黑板上，這樣的感受更加強烈。

「香山，你為什麼舉手？」

班會結束後，我問香山。

「想出風頭啊。」

他理所當然地回答。

「我還以為你是想替芳江老師解困呢。」

「想太多。是說，你有什麼資格講我？你要演茱麗葉才詭異吧。這到底是怎麼回事？怎麼看都是你比較奇怪。」

「……我有我的苦衷嘛。」

沒辦法，我根本不是會積極參與班級事務的人，香山會有這樣的反應並不奇怪。

班會結束後，緊接著是第六節的體育課。

體育課時，香山多半都在旁邊看我們上課。那天，他也在籃球場的角落看我們打球。自從和他成為同學，我每次上體育課都很緊張，尤其是上籃球課時特別緊張。

球傳到我手上，我猶豫著該運球還是射籃，這時，香山突然進入視野。下一瞬間，球就被另一隊的人抄走。

「很遜耶！茱麗葉！」

香山故意朝我叫囂，場邊馬上笑成一團。

回頭一看，比賽仍在進行，大概是因為我來不及回防的關係，我們這隊一下子就被先馳得點。當我還在思索戰況時，隊友來了一記快攻長傳，場邊傳來同學們的吶喊聲。

「茱麗葉岡田！」

聽起來超像不紅的搞笑藝人藝名。我吐出混合嘆息的氣息，跳起來射籃。

球劃出拋物線飛出去，落進籃框。

霎時，我與香山四目相接，他露出吃驚的表情。

「幹嘛？」

香山有點不爽。我愣在原地，無話可回。我為什麼會在射籃後看他呢？這件事讓我後悔莫及。

＊＊＊

香山以前是籃球選手。

那是他國中二年級到某個時期的事。

當時我和香山是同班同學，在那個班級裡，我被一群小混混盯上，受到欺侮。

「飛啊，岡田！」

我被逼到教室旁的陽台圍欄邊緣，聽見班上的小混混大叫。

「你快點死一死，讓我們開心一下嘛。」

從我包庇了某個被欺負的同學後，霸凌變本加厲。我本身不擅長打架，也不覺得自己會贏，但是當我看到那個同學被人當頭淋下便當，就是嚥不下那口氣。

我在陽台上領悟到自己幹了蠢事，因為那個受到霸凌的同學，現在也加入那群小混混一起欺負我。我想不通前因後果，難道他是因為太害怕再度成為目標，所以才選擇加入霸凌的那一方嗎？

「去死吧！去死吧！」

班上同學看到我被圍住，都假裝沒看見。這並不奇怪，因為我已經用行動證明了擅自插手就會成為下一個目標這件事。

所謂霸凌分成好幾種，一種是在背地裡進行言語或行為上的攻擊，而我遇到的則是直接被踢被打的暴力行為。當時，我真的被揍到身心俱疲。

從陽台俯視樓下地面，我覺得自己彷彿要被吸進去，甚至產生「死了也無妨」的想法。我不了解生命的意義，但我知道活著就是面對各種麻煩。仔細回想，我好像不曾真正感受過生命的喜悅。

「知道了啦。」

我乾脆地說道，跨越護欄，然後，手伸向背後握住護欄，腳踏上寬度只有運動鞋一半的陽台邊緣，低頭望向地面。回過頭，同學們在打開的窗戶後方面無表情地看著我。即使察覺到我的視線，他們依然沒有特別的反應。我心想，自己那個時候就是無法像這些人一樣，裝作視而不見，如今才落得這步田地。不過，這也沒什麼不好的。

我再次把視線投向下方。

起風了。

我想起一年前去世的鳴子。

要死其實很簡單。

然而我的腳在發抖。

遲遲無法下定決心。

這時……

「喂，要上課囉。」

陽台門打開，香山走了過來。

我吃驚地回頭一看。

「吵囉唆，你滾開。」

香山無視小混混的叫嘯，繼續朝我走來。

在此之前，我和他沒好好說過話。我只知道他是籃球社的，其他方面一無所知。

不過，我們之間並不是全然陌生。

香山正隆。

香山去世的哥哥是鳴子的男朋友，因此我們算是親屬關係，很難不注意到彼此。儘管不曾深談，但我們時常對上眼。

在發生這件事情以前，我們就是這點程度的交情。

「你們這群人，有夠無聊耶。」

香山大聲說道。我打從心底感到訝異，壓抑著內心的波濤冷靜對他說：

「少管我。」

他輕輕抓住我的肩膀。

「我也要加入。」

語畢，他用力一蹬，跨越護欄站到我身邊。

「你瘋了嗎？」小混混們大叫。

「和你們這群小孬孬比起來，岡田有膽識一百倍。」

香山說完，手放開護欄。

接著他開始拍手。
「我也不遑多讓啦。」
只見他邊打拍子邊踮起腳，如跳舞般踩著護欄外僅能容納半步的狹窄空間。
我簡直不敢置信。
在場所有人都傻眼地瞪著香山，大氣都不敢吭一聲。
這是香山一個人的舞台。
他看起來完全不畏懼死亡，鮮明、輕快地跳著舞。
這個人瘋了。
失去理智了。
腦袋壞掉了。
這是我當時的感想。
「怎樣？」
香山洋洋得意、面帶挑釁地轉頭看我。
下一秒，他腳一滑，就這樣掉下去。
這一次我連吃驚的時間都沒有。
我伸出手，卻來不及抓住他。

在我愣住的當下，他已經位在天空那一側。

如果他穩穩地雙腳著地就算了，然而現實是殘酷的，他抱著腿蹲在地面，我從二樓都能看見他痛苦至極的表情。底下傳來尖叫聲，有人大吼：「誰！誰快去叫救護車！」小混混們嚇到腿軟，紛紛作鳥獸散。

陽台上只剩下我一個人。

我渾身發抖。

然後，突然笑出來。

因為應該正承受著痛苦的香山竟抬起頭，臉上帶著笑容，朝我比出大拇指。

耍什麼帥啦！

不過，我真心覺得他帥極了。

如果故事能就此圓滿結束就好，但世界上畢竟沒有那種好事，香山的腳是複雜性骨折。在那之後，他雖然拚命持續復健，恢復到日常生活無礙，但是醫生仍建議他放棄劇烈運動。

「而且，」香山日後補充說。「就算回去打球，我的腳應該也沒辦法有一番表現。」

於是香山放棄了籃球。聽說長得高又是運動健將的他，本來是籃球社的明日之星。

我從來沒有直接和香山聊過這件事。

對不起、謝謝你、是你救了我……這些話語，我一次也沒對他說過。

我只問過他，為什麼要一時衝動做那種事？

「因為如果是你跳下去，好像真的會死。就算那只是二樓，著地的部位不對還是會死。還有你啊，身上散發一股想死的氣息。我知道自己跳下去應該不會死，因為我是不死之身啊。我不跳下去，事情會變得更難收拾，因為我不擅長打架嘛。以結果來說，我成功了，他們沒再繼續糾纏你，這樣不就好了嗎？」

聽完說明，我還是完全不懂他的想法。

香山這個人，偶爾會冒出常人無法理解的言行舉止。

從那以後，我都對他懷抱著一股敬意，因為他是我的恩人。

＊＊＊

午休經過走廊時，我碰巧撞見香山在和其他班級的女生說話。我快速通過，想假裝沒看見，怎知那個女孩賞了香山一巴掌，走廊上的學生們無不回頭看。

「去死，爛人！」

女孩罵完，小跑步離開走廊。她長得很美。

香山倒是一臉痛快。他發現我來，朝我笑了笑，我完全不懂這種時候有什麼好笑的。

「陪我一下。」

香山說著，朝走廊盡頭的逃生梯走去，我只能無奈地跟上。

逃生梯的樓梯間颳著強風，香山在樓梯坐下，抬頭望著天空喃喃說道：

「這樣就全部斷乾淨了。」

「和所有曖昧對象？」

「是啊。唉~好累。」

香山摸著剛才被摑耳光的臉頰，感慨萬千地說。

「對了，香山，你為什麼突然想分手？」

「嗯……膩了，世界上沒有玩不膩的遊戲嘛。」

他還是老樣子，滿口自私話語。那些女孩也太可憐了。

「喂，岡田，你認為人生能夠重來嗎？」

「很難吧。」

我秒答。

「我作了一個夢。」

香山閉上眼睛，像是在回想。

「我夢見自己回到大哥還在的時候。在夢裡，我還來得及讓人生全部從頭來過。」
接著香山突然發出不成聲的哀號，起身說道：
「我想去見渡良瀨真水。」
我猜，他和那些女人說再見的原因，大概就是這個吧。我瞬間明白什麼，但還來不及追問，他就自個兒調頭走掉。
我的內心也受到了衝擊。

放完暑假後，真水從多人病房轉移至單人病房，這應該多少和她之前的檢查報告脫不了關係。她一天比一天消瘦，氣色也明顯變差。
她始終沒說明前幾天在我告白之後說「對不起」的原因，我也不想追問。因為就算我不問，也大概能猜到她的意思，只不過要把這種模糊的情感說出口，實在是一件困難、無意義的事。
「我今天又被宣判死期了。」
她最近似乎狀況不好，旁人光看都感覺得出來。
「反正那個庸醫八成又會出錯。」
我懷著某種許願般的心情說。

「嗯……是嗎？」

真水的聲音聽起來很脆弱，神情也和我們剛認識的時候不一樣。

「你想知道這次剩下多少時間嗎？」

「不想。」

這是實話，因為知道了也不能怎樣。倘若生病的人是我，我會面對答案，但我沒有勇氣聆聽真水的死期。我遠比自己原先所想的要懦弱許多。有了自知之明後，我差點苦笑。

「我搶下茱麗葉的角色了。」

不過，我還能為她做一件事，就是一一替她完成「死前心願」。

「真的嗎？還好有試著說出口呢！」

這當然也是真水的希望。我一告訴她班上要在文化祭表演《羅密歐與茱麗葉》，她馬上說「我想演」，而我沒等她說完便一口答應「我明白了」。

「好，下一個『死前心願』是……」

真水拿起手邊的文庫本交給我。

「我想去替喜歡的小說家上香。」

我凝視著她遞給我的文庫本封面，作者名叫靜澤聰，書名是「一縷光」。翻開書頁，內容有著濃濃的時代感，是典型的早期文藝小說。就是這本書讓真水愛不釋手。

「他是我最愛的作家，我一直很想去他的墳前上香……」

「我明白了。」

只要搜尋一下應該能查到相關資料，儘管地點不明，不過我姑且先答應下來。

「卓也，一直以來謝謝你的幫忙。」

真水異常平靜地說。

「幹嘛突然這麼見外啊，嚇到我了。」

我聽了一點也開心不起來。

「怎麼講得好像妳明天就不在了呢。」

我想緩和氣氛，說出口才驚覺說錯話，因為真水的表情馬上變了。

「別擔心，我沒事，真的沒事。」

她的語氣像是在哄小孩。什麼叫做沒事？我聽得一頭霧水。

2

靜澤聰是戰前的私小說（註5）家，並不有名，不過喜歡他作品的人就會非常著迷。

他廣為人知的代表作《一縷光》是極典型的療養院文學。所謂的療養院文學，是以病患的住院療養生活為主題的作品，而《一縷光》所講述的，正是得了發光病的主人翁的故事。靜澤聰是一位私小說家，私小說家基本上是把自己的實際體驗原原本本地寫成小說。聽說靜澤聰本身也是發光病患者，二十幾歲就英年早逝。

光看網路上的描述，印象還是不夠強烈，因此我和真水借了那本書，想實際讀過一遍。

我利用下課時間在自己座位讀著《一縷光》時，香山跑來和我搭話。

「你在看書？」

「是啊，我有點事想了解……」

因為是早期作品，文體和修辭都很古老，讀起來頗費時。老實說，要不是真水推薦，這實在是一本很冷門的書，我恐怕一輩子都不會想看。

「那是渡良瀨真水喜歡的書嘛。」

我心頭一驚。

✽註5：二十世紀日本文學的一種特有體裁，取材於作者自身經驗，採取自我暴露的敘述法，著名作品如三島由紀夫《假面的告白》、川端康成《伊豆的舞孃》等。

香山似乎知道什麼。

「咦？是喔。」

我知道這麼說有點牽強，但還是決定裝傻。

「因為我也很喜歡那本書。」

這倒是有點意外，我想應該不是巧合。如果這本書很紅就算了，香山怎麼可能剛好也愛讀這種冷門書呢？

「我還沒全部讀完，不要劇透喔。」

「他最後會死。」

香山立即洩漏劇情。不過主角當然會死，所以我也沒什麼好氣的。

《一縷光》並非大長篇，全文甚至不到文庫本的兩百頁，約莫一天就能讀完，老實說，我不覺得特別好看。應該說，這本書有它的趣味在，只是讀起來太過絕望，缺乏小說該有的樂趣。再怎麼說，這都是罹患發光病的私小說家在得知死期之後寫下的作品，整體氣氛十分灰暗，讀了心情也會變差。

隔天是社會科學課的校外教學，我們班要去參觀民族博物館。光聽名字，我一時間不太確定那是什麼地方。是要參觀什麼啊？陶器嗎？還是棕熊？

我們約早上九點在現場集合，集合地點是博物館附近的車站驗票口。我提早到，結果碰見了更早到的香山。其他同學幾乎都還沒來。
「喂，要不要蹺課？」
香山見我就這麼說。他的個性就是這樣，常冒出一句無厘頭的話。
「香山，我有個想去的地方。」
我抓住機會，因為我也對當地的民族歷史沒興趣。
「我想去靜澤聰的墳前上香。」
他頓時有點錯愕，但很快就恢復冷靜說：「好，我們走。」
「我們兩個早退。」
香山轉頭對同學說，只見對方整個愣住。我們一起穿過驗票口，坐上電車。依據網路上搜尋的結果，靜澤聰的墳墓在縣內的深山裡，大約需要花一個半小時的車程，然後得徒步登山。
「香山，你能爬山嗎？」
我擔心會給他的腳帶來負擔。
「可以啦，總會有辦法。要是不行，你背我吧。」
從他的語氣，我不確定這是不是玩笑。
然後我們不再說話。

交通尖峰時間已過的電車裡人影稀疏，分外安靜。

仔細想想，我和他從來沒有特別約出去玩，兩人之間也沒有建立共同的興趣話題，因此一路上無話可說是很正常的。

「說到渡良瀨真水……」

啊，不，我們之間還有這麼一個共同話題。

「我曾經暗戀過她。」

香山幽幽開口。

「我知道。」

我下意識地說出真心話。

「我想也是。」

而他也沒有迴避話題。

接著，他開始告訴我自己為什麼會愛上真水。

香山和真水最初是在升國中的考試會場認識的。

我們學校是私立中高一貫的完全中學，那是一場決定能否入學的重要考試。

聽說香山當時得了流感，考試當天發高燒，在情緒緊繃的狀態下勉強赴考，不僅意識朦朧，連路都走不穩，還慘到反胃想吐。好不容易熬過了考試，他一到休息時間便直奔廁所嘔吐。

回到教室的香山在尋找考場教室時用盡力氣，雙腿一軟倒在地上，當時奔上去扶他的人就是真水。

「你沒事吧？」

香山說，真水叫他時，他以為看到了天使。

「我帶你去保健室。」

面對真水的善意，香山答道：

「不，我一定要考上。」

「好吧……加油喔，我們保證會金榜題名，在開學典禮時見面。」

真水不是說「一定」或是「如果有緣」，而是用了「保證」，聽說就是這句帶著力量的話語，打動香山的心。這句話支撐著他，讓他熬過了考試。

香山似乎就是在那時候告訴自己：「有朝一日，我要以她為榜樣，路見不平拔刀相助。」

他在國中開學典禮上發現真水的身影，然而兩人不同班，彼此之間毫無交集。之後，香山的心始終懸在真水身上。

正當他打算鼓起勇氣上前相認時，真水就開始休學，不再出現在校園。傳聞說她身體微恙，原因不明。聽說真水來上學的最後一天，獨自待在圖書館讀著靜澤聰的《一縷光》。她一頭栽入書中世界，沒察覺到香山的注視。這段隔著距離的眺望，成了他見到真水的最後一面。

接下來，香山每天引頸期盼真水復學，然而那一天從未到來。

高一的第一堂班會課，老師要同學去醫院探望渡良瀨真水時，香山認為這是個機會。但他覺得那時的自己很骯髒，沒有資格去見她，所以才要我代替他去。

「為了日後能親自去找她，我希望由你搭起一座橋梁。」

香山坦誠道。

靜澤聰的墳墓位在一個偏僻的位置，這點也反映出作者本人的個性，他就像他筆下的人物，生前排斥人群，個性難搞又孤僻。

「想不到這麼累。」

香山額頭出汗，我有點擔心他的腳，但事到如今也不能說「我們回頭」。於是我和他有一搭沒一搭地說著話，靜靜地走著。

最後，我們終於來到靜澤聰的墳前。

「怎麼說呢……感覺很符合他的形象？好寂寞的墓啊……」

香山喃喃自語。世界上應該沒有墓園是熱鬧的，然而眼前的光景無比悽涼，真的如香山所說。那並非一般的墳墓，只有一座小小的墓碑佇立著，上面發了霉、長了青苔，風化得很嚴重，看起來無人掃墓，難以想像這是有一定知名度的小說家的墓。聽說靜澤聰去世的時候，身邊無依無靠。

最大的特徵是墓碑上沒有他的名字。筆名和本名都沒有，上面只刻著一個字。

無

這就是靜澤聰的墓誌銘。當然，我已在事前從網路上得知消息，記住靜澤聰的墳墓特徵，所以更加肯定是這裡。然而實際看到後，感受又更加強烈。我暗自感嘆，這真的不是一般的墓。

「無？好怪的墓碑。」

香山老實說出感想。聽說這座脫離常軌的墳墓是根據靜澤聰的遺言所建。在他生前，曾經有人問他這座墳墓的意義，而他只簡短回一句「這是我的人生觀」——網路上大概是這麼寫的。

人死後的確會歸於無，不會去天堂，不會去任何地方，什麼都不剩。

這才是真相吧？

我拿出手機，想拍幾張照片給真水看。

然後我們沿著來時路下山。

回程的電車裡，香山用認真的語氣說。

「……我會去向渡良瀨真水告白。」

——我也喜歡渡良瀨真水，向她告白了，然後被拒絕。

唯有這件事，我怎樣都無法對香山說。

相對地，我主動提議：「下次我們一起去看她吧。」

3

過了幾天，我去病房探病時，真水正在織前陣子她母親帶給她的毛線團。

「今天還有另一個客人喔。」

真水聽見我說話，停下編織中的手，一臉訝異。

「誰？」

香山從我後方現身，連站在旁邊的我都看得出來他很緊張。

「妳還記得我嗎？」

「呃……啊，記得！我們之前在考場見過面吧？」

真水大吃一驚。

「謝謝妳記得我，我叫香山彰。」

「那我直接叫你『彰』吧。」

然後香山回頭看我，難以啟齒地說：

「那個，岡田，你能不能讓我們獨處一下？」

「啊……沒問題。」

我乖乖走出真水的個人病房，在走廊的長椅坐下，無所事事地呆望天花板。白天的醫院裡，只見護士們忙碌地在走廊上來來去去。

想必香山正在向真水告白吧。

我當然沒有資格阻止他。

即使如此，我還是覺得心裡悶悶的。

我是怎麼了？吃醋嗎？察覺自己內心醜惡的情感，我忍不住苦笑。

接著，我開始思忖真水那句「對不起」意味著什麼。我被她拒絕了，但我現在依舊無可救藥地喜歡她。

確認時鐘，從剛剛到現在也才經過五分鐘而已。

總覺得等待的時間格外漫長。時間不是等速流逝，一樣的五分鐘，有時顯得漫長，有時顯得短暫，而我和真水共度的時間是以高速流動。寶貴的時間太短，無足輕重的時間卻分外冗長。我時常希望兩者能顛倒過來。

我閉目抬頭。不知道為什麼，心跳得好快。為什麼連我也在緊張？

病房的門被大聲推開，我一看，香山出來了。

「香山，你……」

不妙！我搭話後立刻後悔，現在不適合跟他說話。

香山的臉白得像紙，沉默地回視我，眼神空洞，面無表情。我想到「茫然若失」四個字。這不是香山，眼前的他簡直是另一個人，我從沒見過他露出如此失魂落魄的表情。

「……」

經過一段時間，他還是沉默不語。

我感到手足無措，只能呆望著他。

「我不甘心。」

香山好不容易擠出聲音，語氣雖然平板，卻藏不住話中的情緒。

他最後只留下這句話便離開病房，消失在走廊。

我頓時不知道該怎麼辦。

是不是應該追上去呢？不，我轉念一想，還是別去打擾他吧。

我接著踏入真水的病房。

真水尷尬地低下頭，嘆了一口氣。室內鴉雀無聲。

「最近變好熱喔。」

我隨便搭話，走到真水身邊。

「他說他喜歡我。」

真水茫然說道。

「是嗎……」

我答道。真水是不是和我告白的時候一樣，只對香山說了一句「對不起」呢？

「妳怎麼回答他？」

「對不起。」

果然——才剛這麼想，真水又接著說下去：

「我說，我已經有喜歡的人了。」

然後，真水用無力、沮喪的表情注視我。

「是、是喔，這樣啊。」

我受到打擊……不，是彷彿五雷轟頂，因為我之前都不知道這件事。

到底是誰？

什麼時候？在哪裡發生的？

我感到灰頭土臉。

卻沒有勇氣追問。

「對了，我前陣子去替靜澤聰上香囉。」

我轉移話題，拿出手機點開之前拍的照片，展示給她看。

「哇~上面真的刻著『無』呢。」

真水恢復平時的模樣，充滿好奇心地盯著我的手機。

「我也在自己的墓碑刻上『無』好了。」

「我是覺得別的比較好啦。」

「譬如說？」

「精神官能症之類的？」

「也太糟了。」

真水咯咯發笑，我也被她逗笑了。

「還有嗎？」

「你指什麼？」

「想完成的心願。」

「對耶，我想想喔……我想試試看抽菸。這種時候不是都會抽菸嗎？」

這種時候是哪種時候啊？我想了一下才急忙說：

「不行不行！真水，妳是病人，怎麼能抽……」

「我知道，所以要抽菸的人不是我，是你呀。卓也，你忘記規矩了？」

真水露出惡作劇的笑容。

我最近忙翻了。

因為忙著排練文化祭要表演的話劇。同學們每星期三都會在學校集合，有時候則到公園練習，大家一起對戲。因為這樣，我不得不時常向女僕咖啡廳請假。女主角由男生反串已經完全是搞笑劇了，老實說，我覺得根本不用太認真練習，但我仍會乖乖到場參與，這麼做主要也是為了把所見所聞告訴真水。

那天學校教室因為諸多原因不外借，我們來到附近公園排演。儘管時序已經進入九月，公園還是暑氣逼人，我一面反覆練習，一面心想「拜託饒了我吧」。

當時排練的是家喻戶曉的最後場景。羅密歐與茱麗葉雖然深愛彼此，卻因為家族世仇和各種阻礙無法結合。茱麗葉被逼著嫁給別人，因而服下「假死藥」。那種藥喝下去會如同死亡一般持續沉睡，茱麗葉想藉由裝死來逃過逼婚，等復活時再和羅密歐私奔，怎知弄巧成拙，羅密歐誤以為茱麗葉死了，難過得了結自我的生命。後來茱麗葉甦醒，發現羅密歐死了，因而絕望得自殺殉情——劇終。唉，他們也太陰錯陽差。

「啊，茱麗葉，妳為什麼死了呢？」

負責演羅密歐的香山，聲音有氣無力。要在這種台詞注入感情確實不容易。

發生那件事以來，我和香山之間的氣氛變得怪怪的，尷尬到無法說話。

「我也要死，茱麗葉，茱麗葉，我要追隨妳的腳步而去。」

羅密歐說完喝下毒藥，率先身亡。

「羅密歐！啊～你為什麼死了呢？」

接著，我飾演的茱麗葉會拿匕首刺向自己，兩人雙雙離世。真是一齣動人的悲劇——本來應該是這樣。

「你們都沒有放感情。」

負責演技指導的話劇社女孩臭臉說。這種搞笑劇需要認真嗎？我在心裡抱怨，然後喊道：「我想休息！」

「休息三十分鐘！」

現場氣氛緩和下來。今天來排練的，除了連我在內的主要角色，還有負責演技指導的三名學生，合計九人。其他人現在不是在努力準備考試，大概就是出去玩了。

總之，絕大部分人現在應該都躲在室內吹冷氣。

一思及此，我就有點不甘心。

接著，我悄悄離開公園，前往附近的吸菸室，拿出預先藏在口袋的香菸，點火。

「你太不小心了吧？」

後方傳來香山不敢置信的聲音，回頭一看，他不知何時站在我背後。

「幹嘛？你跟蹤我？」

「未成年抽菸要退學喔。」

「想告密就去告密啊。」

我吸了一口菸，緩緩吐出來。老實說我還不習慣抽菸，所以沒有吸入肺裡，只是輕輕吸入再吐出去而已。

「借我。」

香山說道，同時拿走我叼著的菸，悠哉悠哉地吸著。

「這才叫抽菸。」

戶外的吸菸室裡只有小貓兩三隻，我不意外，因為天氣實在太熱了。眼前只有一個微胖的上班族邊用手帕擦汗邊抽菸。

「香山，你有吸菸？」

「以前啦，已經戒了……因為靜澤聰很愛抽菸，我國中時崇拜他才抽的。」

啊～原來如此，難怪真水會好奇，這樣就吻合了。經他這麼一說，《一縷光》裡的確有個男人即使得了發光病，生命所剩無幾，依然大口大口暢快地抽著菸。

「聊聊香山正隆吧。」

正隆是香山的哥哥。我之所以記得他的名字，是因為他去世了。因為死亡，才變得特別。

「我哥他很會讀書，運動神經也很好，我可能有點眼紅吧……老實說，直到他過世之前，我都很討厭他。但是自從他走了，回憶美化了一切，我有時回想起來，會產生一種他人很好的錯覺。你會不會有這種感覺？」

這還是我第一次聽香山直接提起哥哥。

「欸，我哥和你姊交往的時候，兩人都聊些什麼話題啊？」

「我沒辦法想像耶。」

回想起來，我其實很少聽鳴子聊起男朋友。

「會不會聊到我們呢？」

「誰曉得？香山，你都和女孩子聊什麼？」

「啊，偶爾會聊到你。」

聽了有點不舒服。

「反正一定是壞話。」

「嗯，就說你是個奇怪的傢伙。」

他笑著蒙混過去，沒有否認。

「喂，真水喜歡的男生是你吧？」

香山突然問道，感覺像是憋了許久終於忍不住。微胖的上班族忽然看向我們，腦中大概在想這兩個小鬼在上演什麼青春劇吧。

「不是吧。」

「你是不是很遲鈍啊？」

「少講得一副你很懂的樣子。」

「我很煩躁啊。」

香山難得出現情緒化的口吻。

「岡田，把話說清楚。」

他這是在強人所難，因為我根本不知道要說什麼。

「香山，你每次講話都這麼深奧，誰聽得懂。你就不能普普通通地說話嗎？」

我不小心認真回他。

「我問你，渡良瀨真水是不是喜歡你？」

他什麼也不知道，卻再次用這句狀況外的話語刺激我。

我從香山手中奪回香菸，一口氣用力吸到火光熄滅，呆滯地望著嘴裡吐出的白煙裊裊升空。這時，我突然想到《一縷光》的尾聲。

男主角長年飽受發光病所苦，並且明白了自己的死期。某天，他在療養院認識的男性發光病友去世了。夜裡，男人的遺體在火葬場火化時，從煙囪升空的煙發出微光。發光病患者就連肉體火化成煙，都會因為照射到月光而散發光芒。那縷煙化作一道光，騰向天際。主角看著那一幕，一面察覺到自己將死，一面感受著人類的死亡所帶來的美。

這本小說就在這裡結束。

4

白天上課的時候，芳江老師穿著喪服。她在課堂一開始就告訴同學，自己大學時期的恩師過世了，她晚上要去參加守靈。

回家以後，我在鳴子的牌位前想像自己死去之後，會舉行怎樣的喪禮。

我的想法很明確，沒有任何人來參加是理想狀態，因為我討厭喪事。

我想起鳴子的守靈儀式。

當時真的相當痛苦，鳴子走得太匆促，所有人都措手不及。我是死者家屬，當然不能拒絕參加守靈，一定要出席才行。每個人都對姊姊的死議論紛紛，我一點也不想聽到那些流言蜚語。旁邊的人在哭，我只覺得好吵、好吵。我沒有哭，親戚伯伯私底下在說「不知道那小子在想什麼」、「他真是沒血沒淚」，而且被我聽見了。我也覺得自己或許哪裡不對勁吧。

守靈儀式上擺了滿桌的酒菜。

我不懂為何鳴子走了，我們卻要在這裡大吃大喝，然而每個人都在暢飲，甚至有人看起來樂在其中。我忍不住心想：「你們是不是腦子有病？」我瞞著親戚偷拿了一瓶啤酒，躲在廁所裡對著瓶口灌下。這是我第一次喝酒，好苦好難喝。這段期間不知道有多少人敲了幾次門，我全部當耳邊風，在廁所裡不停喝酒。

對不起，我沒血沒淚。

我悄悄在佛壇前向鳴子道歉。

鳴子已經變成照片，永遠都是這張笑臉。

最後，我試著想像真水的喪禮，腦中卻什麼都浮現不出來。真水什麼時候會死？我會去參加她的喪禮嗎？我死也不想參加。

「岡田，你最近怎麼啦？」

小莉子前輩在打工的休息時間問我。經她一說，我也覺得最近上班頻頻出錯，不是義大利麵煮過頭，就是把烤雞蓋飯做成焦炭雞蓋飯。我是迷糊女孩嗎！

「很抱歉，我會注意。」

「啊，我不是指工作啦。不，工作上的確狀況滿多的，但我比較擔心你啊，誰教你一副世界末日要來臨的樣子。」

我表現得很陰沉嗎？真的假的？我完全沒自覺。

「發生什麼事？」

我已經懶得裝傻，決定老實招認。

「我前陣子告白被拒絕了。」

「咦！你有暗戀的女生啊。」

聽小莉子前輩的口吻，她似乎比較訝異這件事。我覺得有點受傷。

「是啊……」

女僕咖啡廳的工作其實是千篇一律重複相同的動作。基本上的服務內容都一樣，相當一成不變，實際上重複來的常客也並不多。不過女僕們每天都做一樣的事可能也膩了，時不時會追加特殊需求，這時我就得隨機應變。

「岡田，蛋包飯一份，不畫愛心，請在上面寫『祝你生日快樂』。」

我收到命令，拿起番茄醬準備在剛做好的蛋包飯上寫字，手卻停了下來。「樂」字筆劃太多，哪寫得下啊！但改成注音字數又太多，最後我好不容易用「Happy Birsday」克服難關。

我一如往常，打工結束後和小莉子前輩一起回家，結果劈頭就被她指正：

「岡田，你單字拼錯了，不是『s』是『th』。這是國中生程度的錯誤喔，你們學校的水準不是不錯嗎？你這樣子真的沒問題？」

「……」

我本來英文就不好，回想起來最近真的完全沒念書，這樣下去真的沒問題嗎？我有點緊張。

「還有，你最近排的班好少。」

「對啊，暑假結束了，我忙著準備文化祭，可能差不多得辭掉打工了。」

我最近忙到一週只能排一天班。

「是嗎，我會寂寞的……你看起來不像會參加學校活動的人呢。」

「我的確不是……」

自從邂逅了真水，我的生活驟然一變。

「你們班要演什麼？」

「《羅密歐與茱麗葉》，我演茱麗葉。」

「噗哈。」

她看著我，眼神像在說：「你腦袋沒問題嗎？」這種反應我已經習慣了。

「我很正常。」

「……好令人在意喔。」

「在意什麼？」

「你的說法。」

「很普通啊。」

「所以才奇怪。」

「什麼意思？」

「嗯，算了。」

對話到此中斷，我們就這樣默默走在朝向大馬路的人行道上。

「沿續上次的話題。」

她率先打破沉默。

「上次講到什麼？」

「約好『下次一起』呀。」

「啊……」

「我們下次要不要兩個人出去玩？」

小莉子前輩豁出去似地說道。

我猛然停下腳步，小莉子前輩自己又往前走了幾步。

「你不用太當真啦。」

她急急忙忙找台階下。

「對不起。」

我說不出別的話。

小莉子前輩神情一僵。

「我開玩笑的。岡田，我們走吧。」

我沒再回話，只是不停往前走。

與小莉子前輩道別後，我突然好想見真水，並對被衝動支配的自己感到不可思議。我意識到自己是在撒嬌。一方面我也在猶豫是不是該回家，但腳步卻自然而然朝著真水的病房走去。

月色很美，那是一個靜謐的夜晚。一進病房，我才驀然意識到在這個地方，每天都理所當然有人去世，只是我不知道而已——我偶然間這麼想。

我悄悄走進病房，真水沒睡，站在窗邊，視線投向敞開的窗外。窗簾在窗邊搖曳。

「妳要早點睡啊。」

我出聲說，她受驚似地回頭。

「呃，為什麼突然來了？」

她的語氣顯得有點掃興。

「抱歉。我今天沒事做，想來找妳。」

我不知道該怎麼延續話題，因為我自己也理不清頭緒，只能這樣說。

「你傻了嗎？現在都幾點了。」

的確，現在是晚上十一點多，我有點得寸進尺。

「算了，沒關係啦。欸，卓也，你過來一下。」

幸好真水的心情馬上變好，恢復柔和的語調，招手要我去窗邊。

她邊說邊指著窗外的夜空。

「你看。」

「要看什麼？」

她的手伸向窗外，如同在回答我的疑問。

今晚的月色很美。

真水的手臂沐浴在月光下，徐徐綻放光芒。

我還是不太習慣看到人體發光，眼前的景象對我來說相當神奇，但我也怕真水不喜歡我這樣子看她。

「喏，你不覺得光芒變強了嗎？」

真水說。我用力瞇眼，她說的沒錯，距離我們上次一起觀星，她身上發出的光芒變得更飽和也更耀眼。

「光變強表示……病情惡化了。」

真水的語氣彷彿不關己事。

「嗯。」

我詞窮了，覺得這時候說什麼都不對。

「卓也，問你喔，你曾經跟重要的人死別嗎？」
真水像是忽然想到般問道。感覺這個疑問已經卡在她心中多時。
「沒有啊。」
我說謊。
「真的？但你看起來好像已經習慣了。」
「什麼意思？」
「習慣人死去。」
「妳想說什麼？」
我一點也不想變成這種人。
我微微後悔今天來探病。
「我要回去了。」
我轉身準備走出病房，但她拉住我的衣襬。
「對不起，卓也，你生氣了？」
「沒有。」
我冷淡回應。
「卓也……」

她的聲音輕輕顫抖。

「我怕到睡不著，你可以陪我到天亮嗎？」

這是真水第一次如此脆弱無助地向我提出要求。

我沒有答覆，思緒一片紊亂。

真水是懷抱著什麼樣的心情對我說出這句話？

她拉上窗簾，躺回床上。我一在椅子坐下，她便輕聲說「過來我這裡」。我耐不過她的要求，在她身邊躺下。

「先聲明喔，我沒有要幹嘛，你不要起色心！」

「才不會咧。」

我現在也沒那個心情。不過，這不代表我能酣然入睡。

「聽說明天要驗脊髓液。」

真水似乎也睡不著，說話確認我是否還醒著。我默不作聲。

「檢驗分成兩種。我生的病還沒查出病因，所以無法根治，只能依據病情做症狀治療，能撐一天是一天。另一種檢驗則是為了查明病因，換句話說，我是他們的實驗白老鼠，負責測試新藥，每天都有人拿我的身體做實驗。」

真水不介意我是否清醒，繼續說明：

「就算找出原因，特效藥還不知道要開發十幾二十年，我也撐不到那時候。不過相信未來有一天，發光病將不再是絕症。我現在的付出，能讓之後的病患因此得福。我真是好心又偉大，在替人類的未來盡一份心力呢。」

由於我眼睛閉著背對她側躺，所以看不見她的表情。

「很了不起吧？卓也，快稱讚我呀。」

我無言以對，繼續裝睡。經過一段時間，背後傳來「嘶……」的鼻息聲，我知道她睡了，才悄悄鑽出棉被離開。我躺進去不久後便發現我得趁天亮前快點走，否則早上被誰看見就完蛋了。

半夜三點似乎還早，我在全天候營業的速食店打發時間，搭首班電車回家。

一進家門，我便打了個冷顫。

母親坐在桌前，房間很暗，沒有開燈，她只是靜靜坐著。我想不管是誰看到這一幕都會被嚇到，我當然也嚇了一跳。

「妳在做什麼？」

「你最近很不對勁。」

看來她徹夜未眠，在等兒子天亮返家。

「求求你，千萬不要自殺。」

母親眼神空洞地望進我眼裡，聲音中帶著懇求。

「不要一直念我好不好？我要死要活是我的事。」

平時我都會裝作沒聽見，今天卻忍不住頂嘴。

「卓也，你不會懂白髮人送黑髮人的心情。」

我不想再與她爭辯。我累壞了，只想早點睡覺。

「妳是成年人，拜託振作一點。」

我最後丟下這句話，母親仍繼續喃喃重複一樣的話，我全部當作耳邊風，躲回自己的房間。我沒有洗澡，換上睡衣早早入睡。

之後又過了幾天，我趁排練結束後，順道去醫院探望真水。她手上捧著紅色的圍巾，似乎終於完成連日來的編織工作。

「卓也，你今天好晚才來。」

我們並沒有約好今天要碰面，所以根本沒有早晚之別，但我隨即說了「抱歉」。

「你今天也去排練《羅密歐與茱麗葉》嗎？」

「對啊，茱麗葉不好演呢。」

接著，我告訴她排練中發生的趣事，並刪去我和香山的對話。

「菸呢？」

「臭死了，勸妳不要抽。」

「你有沒有用力地吐出煙？感覺紓壓嗎？」

「不……沒什麼特別的感覺。」

「這樣啊，好無趣喔。」

真水看起來是真的感到掃興。

「對了對了，演羅密歐的人是彰嗎？」

「妳上次聽他本人說的？」

「嗯。你們會接吻嗎？呀～～臉紅心跳！」

「誰要和他接吻啊。」

「好失望喔。」

我莫名感到生氣，忍不住捏了她的臉頰。

「不～要～啦～」

真水驚慌的反應意外地有趣，害我忍不住想多欺負她幾下，看看她手足無措的樣子。

「我不要。」

「不要嘛～」

接著，我模仿她的怪腔怪調說：

「妳～喜～歡～的～人～是～誰～？」

真水撐開我的手，突然換上認真的臉孔。

「我正在努力不愛上任何人。」

「幹嘛這樣？」

「所以，請你不要妨礙我。」

我越聽越迷糊，自己究竟哪裡妨礙到她？

「還有，請幫我把這條圍巾交給我父親，小心不要被我母親發現喔。」

「啥？不，等等……」

真先生住在很遠的地方耶。

我把日前和真先生問來的聯絡方式輸入自己的手機，並且打電話給他。他說不方便來我們住的地方，不過可以來最近的車站附近。

我們約在麥當勞碰面，我先到便等了一下。真先生走進店裡時，不時回頭確認後方，令人聯想到電視劇裡隨時留意自己有沒有被跟蹤的嫌疑犯。

「我女兒受你照顧了。」

真先生難掩疲色。
「這是給你的禮物。」
這是什麼？真先生交給我一本書，由於上面包著書店的紙書衣，我看不見書名，也不打算急著確認。
「……請問，真水狀況不好嗎？」
「她移到個人病房已經一個月了。」
我不提主觀感受，只告訴他客觀事實。
「我已經離婚了，不用擔心法律問題。我破產不會牽連到她們母女……怕就怕有些人會使用非法手段討債。」
「這是真水要我轉交給您的東西。」
我把紙袋放在真先生的桌前，裡面裝著真水拿給我的圍巾，但他忙著說話，並未對內容物表示好奇。
「要是被那些人發現我們夫妻是假離婚，還有我偷偷拿錢接濟家人……會給她們帶來麻煩的。」
這時，我忍不住從紙袋裡拿出圍巾，交給真先生。
「這是什麼……？」

「真水為您織的。」

「是嗎……」

看見這樣的禮物，真先生也深受感動。

「現在送圍巾有點早，但她說自己可能活不到冬天。」

只見真先生眼眶泛淚，而我也難以維持冷靜。

「總之，請您去探望她。拜託了。」

語畢，我便走出店門。

「卓也！」

才走沒幾步，背後便傳來真先生的喊叫聲。我不想轉身，但還是轉過頭。

「你喜歡真水嗎？」

真先生的臉上失去威嚴，露出懦弱的表情。

「我說喜歡又能怎樣？」

我心煩意亂地吼道，接著頭也不回地穿越斑馬線。

然後，我不自覺地跑了起來。

我穿梭在路上人群之間，全力衝刺。

彷彿在演青春偶像劇，自己真像個白痴……不，真的是白痴。

渡良瀨真水快死了。

我始終害怕面對、裝作沒看見的死亡現實，如今已迫在眉睫。

接著，我回頭審視至今的每一天。

真水的心願大部分都是些無聊的小事。

想在死前完成這些無聊小事，也是人之常情。

可是，好像有哪裡不太對？

我轉念一想。

那些當真是她想在死前了卻的心願嗎？

她的心裡真的沒有留下任何遺憾？

渡良瀨真水真的這樣就能心滿意足地赴死嗎？

還有什麼事情是我可以為她做的？

我痛恨自己的無能為力。

思緒千迴百轉，我只是拚命思索著沒有結論的煩惱。

回家之後我還是相當清醒，怎樣都無法入眠。我猛然想起真先生送的書，趕緊拿出一直放在包包裡的東西。我拆下紙書衣，確認書名。

《雪花球的製作方法》。

原來雪花球可以自己製作，我有點意外。

我快速翻動頁面，發現只要努力一下，說不定能把那顆雪花球修好。

這或許是真先生想透過送書傳達給我的訊息。

我重新觀察真水寄放在我這裡的雪花球，那棟縮小比例的小木屋不再下雪，倒在我現實中的房間裡，顯得空虛。繼續放著我看了也很難受，所以曾想把它扶正，卻怎樣也弄不好。那看起來宛如遭海嘯肆虐過的家。當它還佇立在玻璃球裡時，彷彿屋子裡住著人，如今卻怎麼看都像廢棄物，整個家少了關鍵的風景。

機能不足的家。

我頓時產生某種奇怪的錯覺，好似自己站在別人家的陽台，舉著望遠鏡眺望自己家。我家當然不是小木屋，但就是不知哪裡相像，那是一種不可思議的感覺。接下來，我試著想像真水的家。

所需材料應該能在暢貨中心湊齊吧。

第二學期開始後，我去病房探望真水的頻率比起暑假銳減，大約一週兩、三次，每次前往，真水的臉色都變得更差。

渡良瀨真水的死期一天天逼近。

最近去病房陪她時，我能明顯察覺到這點。

真水一天比一天消瘦。

「真水，妳希望我下次為妳做什麼呢？」

「……我想睡覺。」

剛聽到時，我以為她在開玩笑。但我錯了，因為她神情憂鬱地躺在床上，完全不看我的眼睛。

「好了，卓也，你不用再來了。」

「妳幹嘛這麼說。」

「請你徹徹底底把我這個人忘掉吧。」

「真不講理耶……」

「因為我很痛苦，已經不想再看到你的臉。」

真水的聲音有點歇斯底里。

「別再管我了，我討厭你，看到你就煩。」

「……妳故意這麼說，想讓我討厭妳嗎？」

我的聲音在發抖。我知道自己激動也於事無補，但就是無法維持冷靜。

「對。」
她用虛弱且自暴自棄的聲音說。
「我最後一個願望是──『請你之後都不要再來了』，明白嗎？」
「……明白了啦。」
我何必說「明白」呢？其實我根本什麼也不知道。
我離開病房。這次說不定真的是最後一次見面──想到這裡，我很感慨最後竟然是這樣收場，那麼，我們之前相處的時間又算什麼呢？想東想西也沒用，我關上門走出病房，告訴自己：「全都結束了。」
這全都是一場惡夢。
趕快忘掉吧。
說起來，自從認識真水以後，生活中多出一堆麻煩事。
她指派的任務都很強人所難，起初顯然只是想捉弄我。
她真的很煩人。
是不是性格扭曲了啊？
而且她有些地方很自私。
又很任性。

還有心口不一、有話藏心裡的壞毛病。
總之，一點也不老實。
個性又強硬。
強硬歸強硬，有時卻很脆弱。
是個愛哭鬼。
喜怒哀樂起伏大。
很愛她的家人。
許多時候都很溫柔貼心。
纖細敏感。
容易受傷。
我也常常讓她受傷。
…………
我忘得了真水嗎？
想也知道不可能。

5

時序即將從夏天轉入秋天，鳴子死亡的秋天。

每逢這個季節，我就會時常想起鳴子。因此每年只要秋日將近，我的心情就會變得憂鬱，尤其今年格外厭惡秋天。不知怎地，我很痛恨自己的年紀即將超越姊姊最後活過的高一秋天。

沒去探望真水過了兩週，轉眼間文化祭即將在隔日到來。

活動前夕，平時沒參與練習的同學幾乎都到齊了，一方面是想證明自己也有參與，另一方面我想大家或多或少都想把握參與青春盛事的機會。每個人忙著前置工作，反倒是主演的我們沒有分派到工作，挺清閒的。我也想過是不是要主動幫忙，卻莫名提不起勁。

「就是明天了。」

我癱靠在講台上，香山朝我拋出從一樓的自動販賣機買來的罐裝汽水。

「岡田，你為什麼想演茱麗葉？」

事到如今，香山才對我提出最基本的質疑。

「不……想演茱麗葉的其實是真水。」

「啊？什麼意思？」

「真水常常說，要我代替她完成『死前的心願』，並且與她分享過程。」

「那我明天上台時，把你當成渡良瀨真水就行了？」

「不准哭喔。」

汽水泡泡在口中化開。

「但只剩下兩個月了。」

香山似乎預設我知情才說出口，我吃驚地望著他。

「是真水和你說的嗎？」

我想起暑假結束後，真水說她又被宣告死期，當時我很怕聽到具體內容，所以沒有追問。

「上次和你一起去時聽說的啊。岡田，你不知道？」

我深受衝擊。一來是因為香山知情而我卻渾然不知，二來主要是被「兩個月」這個數字嚇到。我的心情彷彿突然被人推進冰冷的水裡。

「喂，岡田，為什麼像我這種爛人每天都過得無憂無慮，沒什麼生命安危，美麗的人卻非死不可？你不覺得很奇怪嗎？」

香山是指誰呢？是真水嗎？還是他哥哥？或者雙方都有？我並不想知道，也覺得不問比較好，所以沒說話。

相對地，我試著尋找其他話題。
「我也被渡良瀨真水拒絕了。」
我總算對香山坦承，然而香山看起來絲毫不訝異。
「那個人時常陪伴她，卻是她絕對不能愛上的對象。」
「你說什麼？」
「我在說渡良瀨真水喜歡的傢伙。」
這件事我初次耳聞。
「這是她本人說的？」
「是啊，所以就是你吧。」
「不對，不可能啊，我們前陣子絕交了，說好不會再見面。」
「絕交？你是小朋友喔。」
「確實。」
我承認自己很幼稚。
——問你喔，如果有一天我叫你千萬不要來，你還是會來看我嗎？
事到如今，我才想起真水曾經說過的話。
夜越來越深，我們專心地練習最後一幕。

首先，茱麗葉要喝藥陷入假死狀態。

接著，羅密歐看到茱麗葉，以為她死了，於是自殺。

最後，茱麗葉因為羅密歐的死而絕望，也跟著自殺。

化作「無」。

——摯愛之人死去的時候，我必須殺死自己。

鳴子畫紅線的句子浮現腦海。

在夜間溜入病房，需要很大的勇氣與決心。與真水相識以來，我已經不知道反覆做過多少次這種事，我想應該有鍛鍊出勇氣吧。

不過，實際上當然不可能每次都那麼順利。

現實就是如此。

正式演出話劇的前夕，我實在太想見真水一面，離開學校後趁著半夜溜進病房，結果被護士逮個正著。

「你在那裡坐下。」

她是之前真水在商店昏倒時和我說過話的護士——岡崎。她嘆著氣，要我在護士站的椅子坐下。

「老實說出來，你叫什麼名字？」

「岡田。」

「全名！」

岡崎的語氣十分嚴厲。

「岡田……卓也。」

「果然是你。」

我不知道她說「果然」是什麼意思，而她不作解釋，繼續說道：

「本院規定，非相關人士，不得在會客時間後進入病房。」

「是……對不起。」

事到如今，我也只能拚命道歉。我盯著地面，脖子垂得低低的。

「算了，這件事其實不重要。」

岡崎維持肅穆的表情說，我訝異地抬起頭。

「先不提這個，你為什麼突然就不來探望渡良瀨同學呢？你們不是男女朋友嗎？」

我嚇一跳，岡崎似乎徹底誤會了什麼。醫院工作那麼忙，我還以為她並不清楚誰來探望誰，哪知她竟然發現我頻繁出入真水的病房。

「你們吵架了嗎？還是你終於受不了？看著她一天比一天憔悴，你覺得很痛苦？」

「不是的……是我單方面被她討厭了，她說不想再看到我的臉。」

「所以你就不來啦？哦～」

岡崎抬起穿拖鞋的腿，輕輕踢了我一腳。

「不要半途而廢啦。」

「……我也很無奈啊，她不要我來，我只能不來。還是說，岡崎小姐，妳崇尚變態跟蹤狂那種偏執的愛？」

不知為何，我還在這個正經的時刻開玩笑。沒錯，我知道自己在一頭熱。

「你什麼都不懂，而且不認為自己的無知有錯。你覺得自己是對的，還沉溺在你自以為是的正義裡，這是很常見的情形，但是也很惡劣。」

岡崎接連吐出意味深長的話，然後站了起來。

「巡房時間到了，我該走了。你今天回家吧，不要半夜把病人叫醒。」

被她這麼一說，我也緩緩起身。

「我值大夜班時，半夜會去巡視病房，最近渡良瀨同學時常邊睡邊流淚，自從你不來之後一直是這樣，可能連她本人都沒察覺。我雖然看在眼裡，卻也不能說什麼。我同時照顧很多病人，不可能一一探究他們內心的隱私。她嘴上總是說著『卓也，對不起』，這是你的名字吧？她每天晚上都在對你道歉。是什麼原因驅使她這麼做？我不知道。」

岡崎連珠砲似地說道，我忽然覺得她很適合當漫才（註6）家或政治家。

「我想天底下大概只有你知道答案。」

岡崎最後留下這句話，便走出護士站。

「等等！」

我不小心大叫出聲。

「小聲點，現在是半夜。」

「對不起。呃，我們班明天要上台演戲，這次是正式表演，所以我今天才想來看看真水的臉。我是為了她才努力演戲，可以麻煩您至少幫我轉達這件事嗎？」

「看我的心情。」

岡崎留下這句話後離開。最後我還是沒見到真水，只能認命回家。

文化祭正式開幕前的時間裡，我真的覺得相當難熬。

「卓也，不要亂動。」

班上的女孩子們抓住扮演茱麗葉的我，在教室裡替我上大濃妝，穿上誇張的禮服。我

✽註6：日本傳統藝能，類似中國的雙口相聲。

之前就知道要穿禮服，但可沒聽說要化妝。

「不需要做到這個地步吧……」

我無奈表示，然而整個班上已經玩瘋了，沒人理我，男生們也都在旁邊憋笑。

「岡田化起妝來很好看耶。」

「好像比我還美。」

「岡田意外地漂亮嘛。」

眾人對我投以說不上是安慰的話，我也覺得鏡子裡的自己怎麼看都滑稽可笑，甚至萌生一股想丟下一切逃跑的衝動。

「岡田，你是不是很緊張？」

飾演羅密歐的香山穿著貴族服飾走來，一副湊熱鬧的樣子來偷看我梳妝打扮。

「完全不會。」

我才想說「你比我還緊張吧」。他的表情有多緊繃，難道我會看不出來嗎？

「岡田，希望這齣戲能大受好評。」

不論怎麼想，從我穿女裝亮相的那一刻起，這齣莎士比亞的悲劇就已經淪為搞笑劇了。

「要是你也穿女裝就好了。羅密歐其實是女人，這樣就變成全新風貌的百合悲劇。」

也不是悲劇，應該說是悲喜劇。
「兩個男人演百合嗎？」
「很可笑吧？」
我嘴上說好笑，實則完全笑不出來。
其實我已經快受不了……不過還是想認真表演到最後。
因為我不是為自己而演。
排戲的時候我也算是認真，所以一定不會有事。
「真的沒問題嗎？」
我沒來由地感到不安，對香山問道。
「哦哦，很適合你嘛。」
香山顧左右而言他，對我的女裝發表感想。我用手肘頂了他一下，因為已經梳妝完畢而準備起身。
我把制服脫在教室角落，這時口袋傳來手機震動聲，我急忙走去確認畫面。
上面顯示「渡良瀨真水」。
而且是視訊通話。
「喂，岡田，馬上要上台了。」

某個人出聲提醒，但我不予理會，接通電話。

真水的臉占滿整個螢幕。

一看到她的臉……我就笑了出來。

『聽說你想看我的臉？』

她的黑眼圈很嚴重，眼睛紅冬冬，面容悽慘到一看就知道直到剛才都在大哭。我之前從來沒看過她這麼憔悴的樣子。

『如何？』

真水莫名露出洋洋得意的表情說。

「不管其他人說什麼，這個世界上妳最漂亮。」

這是我的真心話。現在這一刻彷彿被施了魔法，感覺只要將這句話說出口，便能好好傳遞給她。

『呵呵，你的臉也很猛啊，好像公主喔。』

妳很吵耶——我心想。

「走囉，真水。」

我開著視訊通話來到走廊。化著大濃妝又身穿華麗禮服的我一走出去，走廊的學生們馬上全都回頭看我，發出不知是慘叫還是歡呼的叫聲。

穿上正式舞台裝的演員，從隔成休息室的教室列隊走向正式演出的禮堂，是本校的一大傳統。

每個擦身而過的學生無不停下腳步，跟著起鬨。

班上同學尾隨著我魚貫而出。我打頭陣，一步一步、抬頭挺胸地穿越走廊，同時保持與真水視訊通話，因為我想帶著她一起登上舞台。

『卓也，你好強喔。』

真水的聲音充滿感動。

「要正式演出囉。」

嗯，說我完全不緊張是騙人的。

『加油！』

真水說道。

「嗯。」

我簡短回應，朝著前方挺進。

禮堂到了。

我看到在禮堂等候的芳江老師便走過去。

「岡田，你這是什麼打扮，好猛喔。」

芳江老師似笑非笑地看著我。

「夠了，別再提了。對了，我正在和真水用視訊通話。」

「咦？為什麼？」

「原因不重要，老師，妳能幫我把手機對準舞台嗎？真水也是班上的一分子，我想她也想看我們表演。」

我把手機交到芳江老師手上。都這樣說了，她也無法推辭。只見老師靜靜點頭，接過手機。我轉過身，穿過禮堂的觀眾席前往後台。

「香山，真水在看直播喔。」

我向神情肅穆靜待開演的香山搭話。

「我知道，你剛剛在和她通話對吧。」

「是啊……反正我們就好好演吧。」

「就是說啊。」

我們的話劇——《羅密歐與茱麗葉》，開幕。

不出所料，來看戲的觀眾都笑成一團，因為茱麗葉是由我這個男生反串，他們當然只能笑了，我覺得這樣也不錯啦。

只是香山的樣子有點反常。
不知道他是因為緊張還是其他原因，開演前明明還充滿幹勁，正式演出時卻無精打采，害我不禁懷疑，難道他是真正上場時反而會失常的類型？而我早已自暴自棄，豁出去不計形象地演出茱麗葉。
戲劇逐漸邁向尾聲，接下來只剩下羅密歐與茱麗葉雙雙殉情的那一幕。
扮演茱麗葉的我先喝下「假死藥」，在舞台中央沉睡裝死。
扮演羅密歐的香山發現這一幕，喊出不知練過幾十次的台詞。
「啊，茱麗葉，妳為什麼死了呢？」
就在這時，香山開始不對勁，他一直沒念接下來的台詞。由於我必須裝死，所以只能勉強把眼睛張開一條縫偷看他。
我看見一個傻瓜。
香山在哭。
痛哭流涕。
從二樓墜落都沒哭的香山，現在竟然哭了。
而且還哭到說不出下一句台詞。
觀眾們察覺這點，群起騷動。

「喂，怎麼了？」

「他好像在哭耶。」

「天啊，太扯了吧～」

「在搞什麼呀？」

香山排練時沒怎麼放感情念的台詞，竟然在正式演出時入戲太深。

——那我明天上台時，把你當成渡良瀨真水就行了？

我想起香山昨天說過的話。

沉默籠罩著舞台，就像現場直播的電視節目出了狀況。

喂喂，香山，這下怎麼辦？我心驚膽跳地觀察他的反應。

他的眼淚依然停不下來。

但他努力調整呼吸，吐氣之後念出下一句台詞。

「我也要死，茱麗葉，我要追隨妳的腳步而去。」

然後，香山準備喝下毒藥。

這時我反射性地舉起手來。

「等等。」

我站起來，抓住羅密歐的手。

在場除了我以外的所有人都愣住了。

這也難怪，畢竟本來應該沉睡的茱麗葉，突然爬起來阻止羅密歐自殺。如此一來兩人就不會錯過了，一點都不賺人熱淚。

「不准死，羅密歐。」

我精神抖擻地站起來，睜開眼睛大叫。

「茱麗葉其實還沒死！」

下一秒，禮堂傳出爆笑聲。

「只是陷入假死狀態而已。羅密歐，你不用死，因為茱麗葉還活著！」

「哇、哇、哇……」

香山狼狽不堪地看著我，後台的同學們紛紛抱頭說：「太胡來了……」

「哇～Lucky……」

香山說完，觀眾們笑得更是大聲。

我本來以為自己會被全班同學圍剿，想不到真的生氣的人並不多。普通的《羅密歐與茱麗葉》大家都看膩了，以結果來說，我最後瘋狂的即興演出大受好評，因此沒人責怪我，甚至有人稱讚「就是要這樣才好看」。反正已事過境遷，也沒人會再念東念西。

頂多只有班導芳江老師會關心幾句。

「岡田，不是我要說……」

我無視她的碎念，接過手機。視訊還開著，螢幕那頭可以看見真水在笑。

「妳看見了嗎？」

『嗯，這是我看過最有趣的《羅密歐與茱麗葉》！』

「不客氣。」

我還穿著禮服便拿著手機走出禮堂。總覺得真水好像變成了小妖精，被我捧在手掌心裡。

禮堂外夕陽低垂，時節不知不覺來到秋日，天黑的時間變早了。

「喂～茱麗葉！」

回頭一看，香山追了上來，他也還穿著羅密歐的戲服，手裡揮舞著瓦楞紙做成的劍。

他朝我丟來某樣東西，仔細一看才發現是卸妝棉。

『彰也不是蓋的呢。』

真水看到香山便說。

「我超入戲吧？」

我心想，你還真敢說呢。

「岡田，等一下要不要去慶功？」

香山的語氣聽起來不是特別想去。

「我沒興趣。」

我邊用卸妝棉擦臉邊說。那些都不重要……我現在只想快點見到真水，這個心情絲毫不假。

『我想去！』

「妳的意思是……」

『去嘛，卓也，然後你要好好告訴我好不好玩。』

「我說啊……」

『今天的主角是你呢！啊，是女主角才對，所以你好好去玩吧！』

真水說完，斷然結束通話。

……她是在顧慮我嗎？

如果是這樣也太逞強了，我又不想去慶功宴，我想見真水啊。

「喂，岡田。」

「幹嘛？」

「感覺你還在害怕？」

「你想說什麼?」

「她喜歡的人是你吧。」

「你很吵耶。」

結果那天我仍是參加了慶功宴，續攤還去唱了KTV。不知誰點了一首歌，歌詞的大意是「青春就是轉瞬即逝」。我心想「大家好亢奮啊」。最後，我還是找到機會提早回家。看看時間，晚上十一點剛過，我很猶豫要不要去醫院，但我昨天才被岡崎護士罵了一頓，另一方面我也希望真水好好睡覺，於是決定明天再去。

回家以後，我想起了雪花球，以及已經買好卻放著沒動的材料。難得有時間，我決定邊讀真先生送的書，邊嘗試重做被我摔壞的雪花球。

首先，我把迷你小木屋用熱融膠固定在買來的玻璃瓶瓶蓋上，接著將膠水注滿玻璃瓶，再把一種叫亮片粉的雪花模型倒進去。一直被我誤以為是碎紙片的雪花，原來是這種粉末。

最後栓緊瓶蓋，倒過來便大工告成，效果非常好。沒想到這麼簡單就能完成，我也嚇了一跳。

雖然外形不再是原本的水晶球狀，只是用玻璃瓶做成的替代品，不是那麼精緻漂亮，但我想把這個送給她。

6

翌日下著雨，我撐傘來到醫院時，傘架已經插滿了傘。最近流行感冒嗎？想好好將雨傘放入附鎖頭的傘架實在太費時，我隨便把雨傘插進去，走入醫院。自從真水從多人病房移到單人病房，樓層也從四樓移到六樓。我甚至來不及等電梯，無法克制急著想見她的心情。我包包裡裝著雪花球，從樓梯拾級而上，身上微微出汗，彷彿這是某種修行。

我一定要好好說出口。

今天一定要好好再說一次。

我慢慢爬到六樓，來到真水的病房前。

門上似乎掛著牌子。

——謝絕會客。

上面這麼寫。

我一陣驚愕，彷彿被這幾個字重擊後腦，背部一僵，心想著：「騙人的吧？」

我無法好好站立，不禁蹲了下來，呼吸急促到差點喘不過氣。世界在打轉，我好想吐，只能暫時蹲在原地。

不知道裡面是什麼情形？我就算進去了也幫不上忙，要是因此害真水的病情惡化更是雪上加霜。但我實在很想知道她現在怎麼了。

我決定去護士站看看岡崎在不在。明明前天才來過，醫院走廊和護士站看起來卻像是另一個世界，感覺既陌生又排外，同樣的情景竟帶給我截然不同的感受。

「不好意思，我想打聽渡良瀨真水的病情，請問她怎麼了？」

然而岡崎不在，不知道是今天沒排班抑或在忙。

「您是哪一位呢？」

我愣住了。我是她的誰？我該如何描述我倆的關係？我找不到對應的字眼。

我是……

「只是一般朋友。」

「那麼渡良瀨同學謝絕會客喔，請你擇日再來。」

隨便一句官腔就令我無能為力地折返。

但我當然無法死心回家。

只能渾身無力、垂頭喪氣地坐在真水病房前的長椅上。

我心想只要一直待在這裡，岡崎或許會過來叫我，可惜她直到最後都沒出現。

我坐立難安，內心充滿恐懼，感到生不如死。

不知不覺，時間超過晚上八點。

「時間到了……」

其他護士前來告知會客時間結束，要我趕快回家。我甚至沒有力氣應聲，只能拖著虛弱的腳步，默默走去搭電梯。

回程的路上，我傳了二十幾條訊息給她。

『怎麼回事？』

『妳沒事吧？』

『狀況不好嗎？』

『妳還活著吧？』

『還好嗎？』

『快告訴我妳沒事。』

『說話啊！』

『喂！』

『不准死。』

『不可以死。』

『妳還有事情沒拜託我做吧？』

『應該還剩不少吧？』

『死了就不好玩了。』

『會變成無耶。』

『很無聊喔。』

『我們來玩吧。』

『我在便利商店吃泡麵。』

『我很難過，但肚子還是會餓。』

『就是這樣才難過。』

『下次溜出醫院，找個地方玩吧。』

『應該早點這麼做的。』

『妳說是不是？』

『來享受人生吧。』

『妳還活著吧？』

『拜託妳一定要活著！』

『求求妳！』

『我跪下來求妳了！』

『一定要活著！』

訊息沒有顯示為已讀，真水沒有任何反應。

我徹夜未眠，直到天明，甚至覺得以後就算都不睡也能活下去。反胃感讓我吐了出來，是昨天吃的泡麵害的。我想代替真水生病，就此死去。我無法想像自己要如何在沒有真水的世界活下去。

我在家睡不著，又提不起勁去學校，所以決定外出。意識因為睡眠不足而朦朧，同時又很清醒。這樣說很矛盾，但這兩種感覺的確並存於我的意識當中。

晨間的住宅區杳無人煙，寂寞感油然而生。我也不明白自己何時變得如此孤單又脆弱。從前我覺得別人都很煩，現在冷靜想想，不禁感嘆人果然會變。

我跳上電車，來到鬧區的電動遊樂場打殭屍，不管殺死多少隻，殭屍還是一直撲過來，生命力好強啊。後來我被殭屍吃掉，改去玩競速遊戲，玩到撞車爆炸我依然活著。我是不死之身，不論做什麼都死不了。

然後，我一個人去拍了拍貼機，看著自己越變越大的眼睛發笑。離開後我用打火機將照片全部燒掉，接著一次抽三根香菸，眼睛被煙熏到流淚。

過斑馬線時我突發奇想，跳上停在旁邊的計程車，對司機說：「載我去海邊。」我不確定錢帶得夠不夠，反正怎樣都無所謂了。

要是真水在我身邊該有多好，一個人不論做什麼都很感傷。

海邊到了，我的錢勉強用完，剩下的問題是不知道該怎麼回家。反正船到橋頭自然直，大不了搭便車，雖然我沒試過就是了。

非旺季的海岸人影稀疏，我跑到沙灘上，弄得全身是沙。偶有路人走過，用奇怪的眼神看我，但我不以為意。我把沙灘當成自家地毯，在上面滾來滾去。對於時間的感覺逐漸麻痺，我好像瞬間睡著了，也可能沒睡。我想說就算睡著了也頂多只有幾秒，想不到傍晚就這樣過去，天黑了。

我在警察的注視下醒過來。

「你沒事吧？」

「沒事……目前還正常。」

我面無表情地回答。這時手機響了，我看也不看，直接接起。

『抱歉，我昨天睡著了。你怎麼了？我收到好多訊息，你很擔心我嗎？』

是真水打來的，聲音虛軟無力。

「是啊，抱歉，我太激動了。」

『卓也？你在哭嗎？』

真水的聲音聽似嚇了一跳。

「吵死了，我才沒哭。」

我好不容易才這樣回答她。

隔天我去病房時，真水的手臂上插了好多條不知名的管子，幸好她意外有精神地躺在床上，我一進去她便朝我坐起來。

「我最近有點疲倦，時常睡著。」

真水不知道我昨天來過嗎？

無所謂了，那些都不重要。

「很高興看到妳還活著。」

我忍不住想笑，發自內心地笑。

如果真水身體健康，我應該會對她有更多的想像。

想和她有更多互動。

希望她也喜歡我。

想要被她溫柔呵護。

想叫她別對我說謊。

這些感情如同剝洋蔥，隨著外皮層層褪去，最後心中只留下「活著就好」。只要她活著就好。

「卓也，你怎麼了？」

我眼窩微微用力，憋住眼淚。

「不要都不說話。」

「我沒錢了。」

「什麼？所以你想要錢嗎？」

「不是啦，我搭計程車去海邊把錢用光，差點回不來。」

「為什麼要去海邊？」

「想去游泳啊，但是看起來很冷，所以我放棄了。我還被警察當成可疑人物盤問耶。」

「你是笨蛋嗎？」

「可能喔，最後還是派出所借錢讓我回家。」

「想還錢還不容易呢。」

「搭電車真不是普通遠。」

「卓也，過來這邊，聽聽看。」

真水對我招手，我靠近床邊。

「嗯。」

我有點緊張。

真水伸手，硬把我拉過去。

我就這樣撲倒在她的胸前。

觸感很柔軟。

「妳想做什麼？」

我被她用力抱進懷裡。

「妳不是要我聽嗎？」

「嗯，聽我的心跳。」

我豎起耳朵仔細聆聽。

「心臟還在跳動對吧？」

我輕輕抱住她。

「哇，有點難受呢～」

真水害羞地笑了。

「走開，變態，色狼！」

我不想放開她。

「卓也，我胸口好難受。」

真水邊說邊把我推開，她的手還有力氣。

「哎，你想想看，喜歡的人過世一定很難過、很痛苦吧，而且根本忘不了呀。那樣子很討厭吧？我已經想像過了，也知道自己不可能活下去，所以我們就此放手，在這裡打住，這樣好嗎？」

「妳好吵喔。」

我凝視著她的眼睛說。

「再難過、再痛苦也沒關係，我絕對不會忘記妳。」

「傷腦筋。」

真水的眼神逃離我，低下頭去。

「我喜歡妳。」

我決定不再逃避對她的戀慕，因為根本逃不了。

我無法……不，我們都無法逃離彼此。

「你這麼說，我該怎麼辦？」

真水不敢看我，身子向後縮，好像在害怕、恐懼些什麼。她退縮了。

「為什麼？」我問。

真水有好長一段時間默默無語。我沒有看時鐘，所以不知道時間經過多久。我們只是悄然無聲，身體也不敢亂動，彷彿全世界都靜止下來。

接著，她看向我的眼睛。

靜靜瞪著我。

我沒有逃開。

我們就這樣四目相交。

我告訴自己眼神不能移開，要是那麼做，似乎會失去什麼。

真水生氣似地看著我。

那雙眼睛十分漂亮。

眼淚從她的眼睛流出來。

一度流出的眼淚宛如水庫潰堤，淚珠接二連三地滾出來。

即便如此，我依然一動也不動地凝視她。

不久，她終於緩緩鬆口：

「卓也，我也喜歡你。」

我多麼希望時光就此靜止。

一想到真水就快死了，我有時也會萌生一股想尾隨而去的念頭。

反正人類遲早會死，既然死亡是注定的，死了又何妨？

心頭偶爾會浮現這樣的想法：現在死和以後死，還不是都一樣？

沒有她，世界依然照常運作——如此殘酷的事實，令我難以承受。如果全部的人類都同時誕生、同時死亡，我或許就不會這樣憤憤不平。

這個世界何其殘忍。

我不明白活著的意義。不是從現在才開始，我從很早以前就這麼覺得。

「你最近看起來不太妙。」

下課時間，香山窺伺著我的臉說。

「你少管我。」

「你沒有什麼奇怪的念頭吧？」

「奇怪的念頭是指什麼？」

我反問後，香山不再說話。

「我現在的表情，看起來像是會抱著炸彈衝進國會議事堂的人嗎？」

「像，似乎也會全裸衝進女校。」

「要不要一起？」

「隨時奉陪。」

我微微一笑，香山也跟著笑了。然後我說：

「香山，謝謝你。」

「你和渡良瀨真水怎麼了？」

「也不能怎樣。」

這是實話。

「那就想辦法怎樣啊，你是男人吧。」

這件事根本無關性別——我很想這樣回嘴，但不想為了無聊的話題爭論不休，因此沒說出口。

「我該怎麼做呢？」

我不抱期待地問。

「陪在她身邊，聽她說話就好。」

香山說得理所當然，彷彿這是給一般情侶的標準建議。

「也是。」

我只能如此回應。

我們每天都數著日子度過，真水的狀況時好時壞，病情變化劇烈，並且持續謝絕會客。不過在她情況較好的時候，我們會像從前一樣朝氣蓬勃地聊天，不過，她不再託我替她完成「死前心願」。

於是，我某天問：

「妳有沒有什麼想做的事？」

「那麼……想試試看接吻。」真水說。

「妳的意思是，要我和之前一樣，代替妳去和某個人接吻嗎？」

「對啊，你去找個想親的人親下去就好了喔！呃，等等，呀～～！」

我壓住真水想強吻她，但她揮舞手腳抵抗。

「不行！還太早！」

她似乎是這麼說的。由於她實在抵抗得太用力，我只好放棄。

「卓也，我喜歡你。之前真抱歉。」

感覺這番話是在安慰接吻沒得逞的我。

「哎，我應該早一點坦承心意的，是不是有點太晚了？」

「不……這對我們來說是必要的過程，如果沒有發生那些事，我們的關係或許就不會是現在這樣，可能會更疏遠吧，所以現在這樣就好。」

「就像這個醜醜的雪花球？」

真水笑著指向放在床邊的雪花球。那個我用玻璃瓶製作的手工雪花球，裡面放著本來的迷你小木屋。

「妳不喜歡？」

「雖然醜醜的……不過可以感覺到愛。」

最近我越來越常在半夜失眠，所以都在上課中補眠。由於白天睡太多，我的生活作息日夜顛倒。

我在夜間睜開眼睛，看時鐘才凌晨兩點，距離我上床睡覺還不到一小時。我想再睡回籠覺，但睡不著。

我無事可做，於是起來打掃。

就算不打掃，我也會設法找事做。只要是能阻止我思考的事情，什麼都好。

房間裡充斥著非必要的物品，我甚至想把它們全都丟掉。

我在書桌抽屜的深處翻出繩子。

那是我從姊姊鳴子的房間偷偷拿來自己房間藏好的繩子。

鳴子自從男朋友死於交通意外後，時常陷入抑鬱狀態。

但我認為她刻意在我面前裝得比較開朗。

當時我才國中一年級，看在鳴子眼裡，我的年紀或許還太小，不是能傾訴煩惱的對象。

就是這樣，我才擔心她。

某天我去她的房間時，發現她在做奇怪的事。

她把繩子打結，做出圓圈狀。

「妳在做什麼？」

「卓也，你進來要先敲門啦。」

她有些生氣地說。

「妳想拿繩子幹嘛？」

「今天看到的事情，你絕對不能告訴媽媽喔，對任何人都要保密。一定要保密！」

「為什麼？」

「這關係到一個人的尊嚴。」

當年我完全聽不懂這番話。

因為鳴子的表情相當認真，所以我回答：「好。」

聽不懂她的話是一回事，但我可沒笨到不了解繩子背後的意義。

才隔一天，鳴子就在過馬路時被自小客車撞死。

聽說她衝向沒有紅綠燈、車流湍急的大馬路，邊跑邊閃開車子過馬路。

所有人都不明白她為何這麼鹵莽。

為鳴子守靈前夕，我想起那條繩子，走進她的房間收回了繩子，將它藏在自己房間裡。這件事我沒向任何人提起，心裡也覺得不能說出去，當然，更不可能告訴心理諮商師。

現在，我覺得自己稍微了解鳴子所說的「尊嚴」是什麼意思。

我下意識地將脖子伸進鳴子打結的圓圈內。

然後輕輕閉上眼，躺下來。

總覺得這麼做，可以讓我在夢中見到鳴子。

我辭掉了在女僕咖啡廳的打工。

我完全無心工作，上班時注意力不集中，再這樣下去也只是給人添麻煩。不過最主要的原因，是我想珍惜與真水相處的每分每秒。

然而，當我真的向老闆提離職時，卻忽然悲從中來。珍惜所剩不多的日子——因為這個理由選擇辭職，不正意味著我接受了真水會死的事實嗎？一旦意識到這點，我的腦袋就痛苦到無法思考。

上班的最後一天，我和之前一樣，與小莉子前輩一同回家。

「你沒事吧？」

回程路上，小莉子前輩大概問了這句話三十遍。我真的快受不了，被她問到有點煩。我猜想自己看起來應該很糟，前輩才會一直關心我，所以沒有特別回應什麼，要是一直說「我很好」，好像會辜負她對我的心意。

紅綠燈由綠轉紅，我卻沒有察覺。不知從何時起，我養成低頭走路的習慣。小莉子前輩比我早一點過完斑馬線，回過頭來呼喚我。

「岡田，你不走快一點很危險喔！」

我左右張望，四周車流不多，只有一輛自小客車朝我駛來。

「別擔心啦。」

不知怎地，我的身體忽然使不上力，就這樣呆望著那輛車。

我發現它和撞到鳴子的車是相同車款。

察覺的當下，某種東西彷彿潛入我的意識當中。

再待一下子，我似乎就能了解鳴子的心情。

一步也無法動彈。

全身好像被某種力量固定住。

「————！」

小莉子前輩似乎在大叫，她的叫聲拉回我的意識。回過神來，她已經站在我面前，昂然擋在我與汽車之間。

「停車！」

車子緊急煞車，在差點撞到她的位置停下來。小莉子前輩抓住我，將我半拖半拉地帶向人行道。

她用恐怖的眼神瞪著我，我以為她要罵我，心裡也想任由她責罵，但她什麼也沒說，一會兒後抬起手臂。我以為要被打了，但她沒有打我，而是把手放上我的臉頰。

小莉子前輩在哭。

我不明白她為什麼哭。

「岡田，你的心壞掉了。」

她只留下這句話就轉身離開。

我愣在夜間的人行道上好半晌。

7

真水的話越來越少，感覺她連開口說話都很吃力。

她開始偶爾會對我遷怒，為了一點小事對我發脾氣，每次吵完都說「我看你還是不要來了」或是「再見」。這些已經變成她的固定台詞，而我也不能做出很好的回應。

真水的態度也和從前不太一樣，變得很愛哭。我不禁猜想她之前是不是都在我面前逞強。她會對我遷怒，或許也是她能安心向我示弱的表現吧。這麼一想，我便奇妙地自然接受這件事。

「生病死掉感覺好吃虧喔，讓你殺死好像還比較好。」

那天真水的精神不錯，心情也很好，是近來罕見多話的一次。

「我不想坐牢。」

「那我們要不要來殉情？卓也，你願意和我一起死嗎？」

這個玩笑一點也不好笑。

「好啊，妳想要怎麼殉情？」

「投水自殺似乎太老套？」

「為什麼要在這種地方鑽牛角尖啦。」

「上吊自殺怎麼樣？」

我試著想像了一下我們兩人的屍體吊在繩子上晃來晃去，感覺好蠢。

「不然，從高空跳下去呢？」

兩人一起跳下去……感覺還是很蠢。那一點也不浪漫，比較像是某種必殺技，雙人合體之類的。

「切腹呢？」

我嘗試提案。

「好像太老派了？而且那樣子還需要一個人幫忙砍頭，給予致命一擊。這樣不是有一個人死不了嗎？死不了很痛耶～我想要輕鬆一點的解脫方式。」

「凍死呢？」

「要去哪裡才能凍死？」

「雪山吧？」

「太遠了！」

「冷凍庫呢？」

「哪裡有可以同時容納兩人的冷凍庫啊？」

「餐飲業在用的那種吧。」

「那可以找找喔。」

即使像這樣互開玩笑，我的心情還是很鬱悶。

我其實希望她表現得更直爽，暢所欲言，盡情大笑。

就像我們剛認識的時候一樣，命令我做一些像是懲罰遊戲般的事，看著我困擾的模樣哈哈大笑。

「是說，妳還有沒有什麼事情想在死前完成？」我問。

「好吧，最後一個。」

真水筆直注視著我說。我被「最後」這兩個字嚇到。

「我想知道人死後會怎麼樣。」

聽她這麼說，我腦中頓時浮出一個念頭。

我想起香山救回我的那一天。

從沒死成的那一刻起，我一直——

覺得自己活得像個亡靈。

因此，我有個好點子。

「真水，我今天晚上會再來一次。」

語畢，我走出病房。真水露出不可思議的表情，似乎相當困惑。我在心裡回答她：

「妳很快就會知道了。」

我先回家一趟，冷靜地擬訂計畫。我必須說，這不是在衝動下產生的念頭，所以內心沒有絲毫動搖。我認為這麼做是最好的方式。

我在鳴子的牌位前雙手合十。

鳴子姊姊。

妳走了以後，我一直在想妳為什麼要死，不知思索了多少遍，一定有一百次吧。可是，我仍然完全不了解妳的心情。我覺得自己很笨，無法理解妳為什麼想死。儘管我們是姊弟，卻是兩個獨立的個體，所以這也是沒辦法的事。我曾一度放棄去理解，但這件事始終懸在心上。

姊姊，如果妳是因為男友去世才跟著想死，當時的我當然無法了解妳。若是不曾真正愛上一個人，又要如何推敲所愛之人死亡時的感受呢？

現在我總算明白了。

我了解那種絕望的感受。

——摯愛之人死去的時候，我必須殺死自己。

不久前，我差點被車撞。

直到那一刻，我總算想通了。

我明白了妳的心情。

「你要在這裡對鳴子雙手合十到什麼時候？」

母親的聲音把我拉回現實，我看見她正忙碌地將飯菜端上餐桌。

「我來幫忙。」

我出聲道，站到母親身旁。

「你今天很反常呢。」

看來今晚吃咖哩飯。鳴子很喜歡吃咖哩飯，她離開後，母親依然會每週煮咖哩，從不例外。

「我們家的咖哩跟別人家的不太一樣吧？」

母親聞言露出訝異的表情。

「因為每次都是海鮮咖哩啊，通常不是應該加肉嗎？還是鳴子姊姊喜歡吃海鮮？」

我繼續追問，母親卻噗哧一笑。

「其實愛吃的人是我。」

我還是初次耳聞。

「你也知道爸爸討厭吃咖哩吧？所以鳴子出生以前，我很少在家煮咖哩。還好鳴子和媽媽很像，愛吃海鮮咖哩，媽媽才能開始光明正大地煮呀。」

「搞了半天，原來是妳自己想吃才一直煮喔？」

「沒錯。」

母親露出惡作劇的笑容。

「再來一碗。」

坦白說我已吃得非常飽，不過還是這樣告訴母親。

「自己去盛。」

說歸說，母親還是為我裝了一碗。

「媽，我跟妳說……」

我邊吃咖哩邊開口。

「我已經沒事了。」

母親剎那間露出不知所以的表情，不過很快便心領神會。

坦承心事是一件困難的事，所以我只能說得很隱諱。

「真的嗎？」

她的語氣聽起來很高興，看到那張臉，我的心猶如針刺。

「嗯，我好了。」

接著，我沖了澡，刷完牙，換上白襯衫。

我來到陽台，打電話給香山。

『幹嘛？』

「我要轉學了。」

到頭來，我還是無法全部說出口。

『什麼？太突然了吧。』

「我爸要調職。」

『調去哪？』

「你猜啊。」

『國外嗎？』

「猜對了。」

我裝出「你好會猜」的口吻。

『我會寂寞耶。』

「香山，一直以來謝謝你。」

語畢，兩人安靜了一會兒。

『那是騙人的吧。』

香山一口咬定。

『岡田，你人在哪？』

我掛斷電話，把手機關機。

然後，我替龜之助放了許多飼料。牠還是老樣子，動作慢悠悠的，用想睡的表情看著我，在水族箱裡爬來爬去。如果有來世，我想當烏龜，雖然我不相信前世今生那一套。

我在晚上十點多走出家門。

「這麼晚了，你要去哪裡？」

母親擔心地喚住我，或許她察覺到什麼。

「去附近晃晃。」

我離開家。

我趁夜溜進真水的病房，一進去便發現她正靜候我的到來。

「卓也，你好慢喔。」

我將放在病房角落的輪椅推至床邊。真水的體力下滑許多，連走路都很勉強。

「我們要去哪裡？」

「頂樓。」

「哎，電梯只到七樓，去不了頂樓。」

她的意思是說「坐輪椅去不了」。

「你願意背我嗎？」

真水的聲音有點緊張，害我也跟著緊張起來。

我長這麼大從來沒背過女生，所以沒什麼自信，不過現在不是害怕失敗的時候，我故作平靜地在床邊蹲下，要她靠上來。

「嘿！」

真水以擁抱的姿勢跳到我的背上，頭一秒我以為她在鬧我，但隨即明白她已經沒有體力能慢慢小心地爬上我的背。

我打開病房的門，來到走廊。

前方沒有敵人——也就是阻礙我們的護士——沒問題。

我在走廊盡頭轉彎，通往樓梯口，然後一步一步、小心翼翼地往上爬。

真水靜靜地攀著我的背。

這是我此生最幸福的一刻。

沒什麼好悲傷的。

我甚至覺得自己誕生到這個世界上，就是為了與她共度此刻。

縱使短暫，我依然珍愛這段時光，同時小心踩著樓梯爬上頂樓。

到了。

上次來頂樓，是與她一同看星星。

「好黑喔。」

耳邊傳來真水哼歌般的低語。

戶外是一片晴朗無雲的夜空，亮麗的夜幕綴上晶亮的星星與月亮。入秋以後，月色看起來似乎比之前更美。

我們一步步穩穩地走在水泥裸露的頂樓地面。

「啊。」

真水發出一聲驚嘆。

同時，我感受到背後傳來光亮。

「我好亮喔。」

回頭一看，真水的身體發出強光。

這是發光病患者特有的人體發光現象，他們沐浴在月光下就會發亮，而且病情越重亮度越強。如今真水的身體綻放強光，和上次觀星時已不能相比。

「好像螢火蟲，挺漂亮的吧？」

她羞赧地說。

「宇宙第一漂亮。」

我讓真水坐在長椅上。

「吹風好舒服喔。」

真水的長髮緩緩隨風飄逸。

「卓也，我很慶幸能遇見你。」

真水在黑夜裡發著光，唯有她的表情我看得很清楚，比起遠方的月亮或星星都還要清晰。

「我已經沒有任何遺憾了。」

真水用心滿意足的表情說。

在我看來，那是徹底接受自己將死的人才有的表情。

「不過，我也什麼都沒有了。」

這是真心話。

「卓也，你和我不一樣。」

「一樣。」

我的人生已經結束。

「不一樣。」

她面露悲傷。

我用手指闔上她的雙眼。

「你要做什麼？」

「別多問，乖乖聽我的話閉上眼睛，知道嗎？」

「……嗯。」

因為接下來才是重頭戲。

我快步朝頂樓的角落走去，一口氣翻越防止摔落的護欄。眼前是無垠的黑暗。這裡是九樓，和二樓不一樣，一定能成功。

只要再走幾步，我就能來個華麗的大跳躍。這已經超出香山當時的等級，是貨真價實的高空跳躍。我來到更危險的地方，只差半步就會掉下去。站定位置後，我回頭說：

「真水，我好了！」

真水睜開眼睛，找到我後，明顯露出困惑的表情。

「你……你在做什麼？」

她看著我，完全愣住了。

「我等一下就要死了。」

我是不是腦筋不正常？不，我認為不是。

不正常的是逐漸奪走真水生命的這個世界。

「我要告訴妳，人死後會怎麼樣。」

「……太傻了吧。」

「我要教會妳，死亡並不可怕。」

「怎麼可能不可怕。」

真水的聲音在發抖。

「哪裡不可怕？一定很可怕！我現在其實也害怕得不得了啊！」

「我覺得活著要可怕多了。」

我說道。

「我害怕自己繼續活著會慢慢淡忘一些事，妳的笑容、妳的聲音、妳激烈的喜怒哀樂表現方式、妳呼吸的節奏……這些東西將逐漸被英文單字、不重要的同學名字、新的路途、未來出社會遞名片的方式等無聊的事物取代，我害怕那樣的自己。如果繼續苟活，未來有一天，我或許會有那麼一瞬間覺得妳死後的世界也不盡然那麼糟。

我很害怕變成那樣。」

「所以你選擇死亡？」

「我一直都是消極地活著。」

鳴子去世後，一直是如此。

「妳不覺得這個世界很殘酷嗎？我時時刻刻都這麼想。每天都有人過世，並有新的人誕生。活著的人會把死去的人拋在腦後，迎向光明的未來。即使重要的人離開，世界依然照常運轉。

世界上還有比這更殘酷的事情嗎？

我已經受夠了這樣的世界，再也忍無可忍。」

「卓也，這樣太奇怪了。」

「真水，我要妳看著我死，見證人死後會怎麼樣。妳很好奇死亡吧？我也和妳一樣。大概是因為這樣，我才會被妳深深吸引。

我想比妳早一步邁向死亡。」

然後，我背對著她。

眼睛逐漸適應黑夜的黝黯。

我低下頭，看見遙遠的水泥地。九樓真的很高，我一定能馬上死去。

香山。

我要表演比你厲害的高空跳躍。

如此一來，我就能完全明白鳴子的心情。我覺得自己離她越來越近。

腳在顫抖。

背後傳來嘎吱聲響。

是護欄的搖晃聲。

我訝異地回頭，簡直不敢相信眼睛所見的景象。

真水貼在護欄對面。

照理說，她已幾乎走不動了。

但她卻靠著自己的力量，用爬的方式靠近這裡。

「不重要了。」

她說。

「死後怎樣，都不重要了。」

我一陣混亂。

不重要？

怎麼可能不重要？

她就快死了，最在意的當然是死亡這件事，這是人之常情，健康如我亦然。正因為不知道死後會變得怎麼樣，所以會感到恐懼。

「我直到剛剛才發現，那些都不重要了。

過去我總是在想死亡這件事。

但我錯了。

多虧你，我才察覺這點。」

我認為她在說謊。真水在撒謊，她只是想阻止我而已。

「我其實一直都知道喔。卓也，你對即將死去的我懷抱著憧憬。」

她雙手扶著地面，抓住護欄搖搖晃晃地撐起身子，藉由護欄支撐體重昂然站立，那個身影緊緊揪住我的心。

「我一直很擔心你，但我無法觸及你的心。

因為我知道，絕望這種東西不是別人能理解的。

卓也的絕望和我的絕望不一樣。

如果我的絕望是將死的絕望，你的絕望就是倖存的絕望。

我認為這是兩種完全不同的東西。

長久以來，我都在努力接受自己即將死去。

用『人終有一死』為藉口來說服自己。

凡是人都注定一死。

我想慢慢消除自己對於生命的執著。

所以才做了『死前心願清單』。

但我其實非常痛苦，甚至埋怨上天，祢既然要讓我如此痛苦，又何必讓我誕生在這個世界上？

如果非得死得這麼慘，還不如一開始就不要出生。

這個念頭一直在我腦中打轉。

我被生下來，嘗遍各種滋味，得到許多東西，最後這些東西卻全數被沒收、扼殺。如果這個世界有神，那祂一定是沒血沒淚的瘋子。

我人生的一切都變成後悔。曾經嘗過的快樂與欣喜都成為憎惡、不甘及後悔。所以我很痛苦。

早知如此，還不如一開始就不要擁有。

從頭到尾都是無，不是很好嗎？

沒有出生，就不用被迫接受死亡的痛苦。

我一直想化為無，想要接近無。

恨不得人生全是一場空。

因而對這個世界失去興趣。

可是，有一個人改變這樣的我。

那就是你。

即使我放棄其他所有的東西，依然無法放棄你。

我一直在努力放棄。

我覺得自己可能瘋了。

覺得你比自己還重要。

我剛剛想像了一下你死亡後那個沒有你的未來世界。

唯有這件事我無法接受。

直到那一刻，我才發現自己對這個世界還存有一絲期待。

你活著的世界與失去你的世界，是完全不同的樣子。

然後，我察覺了塵封在心靈深處多時的欲望。

我想活下去。
我想活著。
我想活得更長更久。
我想一直活下去。
我想活一百年一千年一萬年。
我想永遠活下去。
人死後會變得怎樣一點都不重要！
我只是想活著。
我好想活下去，卓也。
因為你的關係，我變得想永遠活下去。
是你把將死之人的求生意志拉回來，所以請你負起責任。」
真水的聲音近在身邊，響徹屋頂，非常澄澈明亮。
「我，渡良瀨真水，要把最後一個真正的心願告訴岡田卓也，請聽我說。」
真水露出下定決心的表情對我說：
「我想知道如果繼續活著，會是什麼樣子。
一想到我死了之後，這個世界將如何持續運作下去，我就滿是好奇心，感到心跳加速、心情澎湃不已。我是因為認識你，才產生這樣的心情。
與你相遇前，我始終認為世界在我死亡的那一刻就宣告結束。等我死去、化作無，世界究竟存不存在都不是我能理解的事。過去，我一直認為那就是世界的終結。
但你讓我察覺到不是這樣。我好在意你活著的美好世界是什麼樣子，在意得不得了。
所以……」
真水深吸一口氣後，又一股腦兒吐出來繼續說：
「請你代替我活下去，盡可能告訴我，你在世界的每個角落邂逅的所見所聞。然後，請你告訴繼續活在你心中的我，什麼是生存的意義。」
我彷彿被吸過去，從頂樓邊緣回到護欄邊，由死亡通向生存。
我徹底輸了。
輸給渡良瀨真水。
「你願意為我完成最後的心願嗎？」
真水的嘴唇近在咫尺。
我毫不猶豫地吻向她。
真水不一會兒便退開，直視我的雙眼。
然後，這次由她主動吻我。

我喜歡妳。

我愛妳。

我不斷對她傾訴愛語。

＊＊＊

在那之後，渡良瀨真水活了十四天。

然後，春天即將來臨

e n d l e s s　s e a s o n

我原以為我再也不會一個人來遊樂園玩，結果我還是來了。

人群的注目讓我在意得不得了。

我直直走向尖叫型的遊樂設施前排隊。

平日的遊樂園沒什麼人。

我付了兩人份的票錢，請工作人員讓我的隔壁保持空位。雖然稍微發生爭執，不過老實道出原委、好好向他說明後獲得了許可。

雲霄飛車緩緩攀升，我還是很抗拒這種不適感。我想我一輩子都不可能愛上雲霄飛車。

下一剎那，雲霄飛車疾速下衝。

我發出了不成聲的慘叫。

『親愛的岡田卓也：

你是以怎樣的心情聆聽這個錄音檔呢？我無法想像。

其實我更想用寫信或錄影的方式對你說話，只是實在沒力氣辦到。

光是錄音還撐得住，因為可以躺著說話。
說真的，我好想在死前和你去哪裡玩，但總覺得說出口會傷害你。不，最傷心的人其實是我，所以我害怕得不敢說。
卓也，我想和你去遊樂園玩。』

＊＊＊

當時，我正在家裡製作小模型。
那天夜裡，我拿到真水寫下死前心願的筆記本，原因是她怕之後被父母看到會害羞。回家以後，我仔細讀過一遍，發現裡面有些我沒做過的事，當中有一項特別吸引我。
她想做新的雪花球。
『類似這種的↓↓↓』
筆記本上畫著某個人生場景的塗鴉，畫得實在說不上是漂亮，不過一看就知道是什麼。
我買了黏土，想重現真水的畫，但我本來手就不巧，怎樣都做不好。我不斷嘗試，心裡只希望來得及完成送給她。

就在那時候……

深夜裡，我接到真先生的手機打來的電話。

打從幾天前，他便克服躲債的恐懼去病房陪伴真水，一方面也是因為真水的時間所剩無幾。他之前避不見面，是深怕討債者找上真水母女，害醫藥費被沒收。因此，當我看到真先生頻繁去探病，除了感到鬆一口氣，也有一種完全相反的情緒。這意味著——真水命在旦夕。

『真水臨走前說想見你最後一面。』

我急急忙忙跳上計程車趕去醫院。

卻來不及見她最後一面。

我抵達醫院時，真水已經斷氣了，而我只是呆呆地心想：人死後真的會在臉上蓋上白布啊。

「她直到剛才都還醒著。」

真先生懊惱地說。

「沒關係，我和她生前聊過很多。」

我好不容易才擠出這句話。

我取得真先生和律阿姨的同意，看了真水白布下的面容。

她面帶微笑。

我感到不敢置信，甚至覺得那或許是錯覺。

總之，她看似走得很安詳。

「真水要我把這個交給你。」

真先生露出五味雜陳的表情，給我一台錄音筆。

「她差不多是從十天前開始慢慢錄的吧，說要錄給你聽。」

我竟然完全不知道。她應該是刻意避開在我面前錄音。

我向真先生和律阿姨致意後，離開病房。

時間已過凌晨三點，醫院前的馬路上幾乎沒有車。

縱使這裡離我家有點距離，走路需要花一個半小時左右，我還是想用走的回家。想必走著走著天就會亮，光芒遲早會照亮道路。

黑夜的大馬路上沒什麼車，我突發奇想，跑到馬路中央。

然後在大馬路的正中央大步前行。

我插上真水之前送我的耳機，想聽聽錄音檔。

奇怪的是，我還哭不出來。我用昏沉的腦袋思忖：現在哭或許還太早。

『其實啊，我還有幾個「死前心願」沒有完成。

留下錄音也是其中之一。

你一定覺得我很煩吧？

不過，請你聽我說。

我要公布答案囉。

鏘鏘鏘鏘～！

第一件要拜託你的事情是……

我離開後，請在夜間的火葬場將我火化。』

聽到這裡，我急忙打電話給真先生說明情況，同時心想這種事為什麼不跟家人說而是告訴我啊，難道她是想故意讓我慌張嗎？還是覺得很難向家人啟齒自己想模仿靜澤聰的《一縷光》呢？

有許多人來參加真水的喪禮，我覺得這些人很虛偽，因為連那些平時沒見面的同學都來了，甚至痛哭失聲。

我依然沒哭。

同學們見我自然地向真水的父母搭話，都好奇地問是怎麼回事。

「岡田，你和渡良瀨很熟嗎？」

「她是我女朋友。」

「咦～～！」語畢，同學們傳來一陣驚叫，我回了句：「你們很吵耶。」

『然後，請你好好出席我的喪禮。

為什麼這樣說呢？因為感覺你好像會蹺掉喪禮嘛。

接著，請你和大家說我是你的女朋友。

卓也，我算是你的女朋友嗎？

我沒有實際上用口頭確認過，所以有點沒把握。

即使你沒有那個意思，也請繼續把我當成女朋友吧。

因為，我想讓大家覺得這個生命短暫的可憐女生，生前竟然有個這麼棒的男朋友。

我也希望有個漂亮的女朋友能讓你覺得很有面子。』

火葬場平時當然不會在夜間開放，不過聽說偶爾會收到類似的請求。發光病患者常在遺言中交代親人「請在夜裡火化遺體」，久而久之就變成名正言順的特例。

火葬時通常只有死者的親近家屬能進去，但我找了香山一起去。這件事當然有事先獲得真先生的同意。

等儀式告一段落，我們便先行告辭，不替真水撿骨，而是爬上看得見火葬場煙囪的小山丘。

附近大致上寂靜無聲，唯有遠方道路偶爾傳來車子快速駛過的聲響。

接下來要開始為真水火化。

滿月高掛天邊。

真水的遺體被火焰吞噬，化作白煙，從煙囪裊裊升空，又薄又白的煙散發出微微的光芒。

在月光的照射下，煙化作一道光，緩緩升空。

真水的遺體變成煙，襯著晴朗無雲的夜空，發出青白色的光芒。

迄今與真水共度的歲月，在這一瞬間以飛快的速度浮現又消逝。

那是真水的屍體。

眼前的光景令我無法相信這是真的。

這樣想或許不太莊重……但我認為那道光比起極光、彩虹等閃亮的東西都還要漂亮，美到令人發寒。

我望著那道光緩緩融入夜空，同時心想——

這幅景色，我一輩子都不會忘記。

遲了數秒，我才誇張地想到「真想讓真水看看這幅風景」。

「比想像中還漂亮。」

香山簡單地發表感想。

「比《一縷光》的描述還漂亮。」

我如此應聲。

我們兩人抽著菸，靜待光芒消失，期間幾乎沒有交談。我不想說話。人生在世，有時會遇到一切盡在不言中的狀況，譬如這個當下。

結束後，我們準備打道回府。

由於香山是騎腳踏車來的，所以我們共乘回家。

『請你多交朋友。

因為，我始終沒交到可以稱為知己的朋友。

我好想要朋友。

所以卓也，你要代替我多交些新朋友喔。』

我家和香山家有段不小的距離，香山卻送我回到我家附近。我道謝後跳下腳踏車，他簡單說句「拜拜」便直接迴轉，踩著腳踏車遠去。他就是這樣的人。

我正思索到一半，香山突然回頭。這應該是他第一次在離別時回頭，我不禁向後退。但他並未多說什麼，可能是有話想說，到了口中又縮回去吧。

我按捺不住焦慮，主動喊道：

「喂，香山！」

他直到十公尺外才想說的事情是什麼？是在普通距離下不好意思開口的事情嗎？我思量後問道：

「我們是朋友對吧？」

香山面無表情地看著我，眼神像在瞪人。

「那還用說？」

他沉默片刻後又補上一句：

「不要問這麼害羞的問題啦！」

香山笑了，再次騎腳踏車前行，而且是站著踩踏板。

這次不再回頭。

『對了，龜之助好嗎？
要好好餵牠吃飼料喔，讓牠活久一點。
請你好好疼愛牠。』

老實說，我最近才逐漸察覺一件事——龜之助很調皮。

牠經常逃家。

我都不知道牠是什麼時候爬出水族箱，在家中四處走動。每次牠逃家我和母親都很緊張，急著尋找牠的下落。牠尤其喜歡跑去浴室。

「是不是想回海裡啊？」

母親突然想到似地說。

「之前有人說過類似的話。」

「要不要開車去看看？」

她又隨口冒出一句話。

最後，我們順著母親的話，兩人一龜來到車庫。

「鳴子走了以後，我們已經好久沒有兩個人單獨出去了呢。」

「嗯，我都這麼大了還和媽媽單獨出去才奇怪吧？」

那時還是冬天，氣溫很低，幸好天氣晴朗。我們前往之前去過的海岸，因為附近也沒有那麼多海岸可以選擇。母親帶了野餐墊過來，將之鋪在沙灘上，與我席地而坐。接著，我把龜之助從水族箱裡抓出來，放到沙灘上。龜之助慢條斯理地邁步爬行，看起來充滿活力。

「卓也，你之前去參加了班上同學的喪禮對不對？」

「嗯。」

我還沒詳細對母親提過真水的事，一方面是因為害羞而不好意思說，另一方面則是因為無法把整件事說得很有條理。

「你們是朋友？」

「……嗯。」

「這樣啊。」

母親沒再繼續追問，我有點意外。

「欸，媽。」

「嗯？」

「我最喜歡鳴子了。」我說。

母親看著我笑了，接著柔聲說：「我知道。」

「我不是沒血沒淚的人。」
我的聲音快要發抖，而我只能拚命穩住。
但我真的不行了。
真奇怪。
眼淚溢出，停不下來。
為何我總是在該哭的時候哭不出來，又在沒必要哭時哭泣呢？
「卓也，媽媽知道。」
母親摸摸我的頭，我也乖乖任她摸頭。
接著她突然起身，兩隻手貼在嘴邊做成大聲公，忽然大叫。
我整個人嚇壞了。不只是我，連朝海邊走去的龜之助都嚇一跳，回頭看我。
「妳幹嘛？」
「沒幹嘛。」
現場只有浪潮聲，還有海沙潮濕的氣味。
「回家吧。」
母親率先說。
放眼望去，龜之助繼續在海浪拍打的岸邊泡著海水小步爬行。

「要把龜之助留下來嗎？」

「卓也，拜託你別說蠢話。」

「開玩笑的。」

我抓起龜之助，帶牠上車。回程時，我拜託母親一件事。

「等下繞去暢貨中心好嗎？」

「你要買東西？」

「我想替龜之助找個女朋友。」

語畢，我回頭看水族箱，龜之助則用奇妙的眼神盯著我。

『我想結婚，如果可以的話，想要三個小孩。

我喜歡女生，不過男生也很可愛。

想住在獨棟有院子的房子裡，坪數小一點沒關係。

但人家說「久居則安」，所以其實住哪裡都好。

以前我從來沒想過這些事。

你應該懂吧？

恨不得自己沒被生下來的人突然說想要小孩，聽起來就很荒謬呀。

不過，我現在是真心想要結婚生子喔。』

過一陣子，寒假結束，邁向新的一年時有個大新聞。

聽說芳江老師即將在期末時結婚離職。

根據聽到的消息，兩人是相親認識的。想到半年前她還在跟香山交往，我不禁被這神速的進展嚇到。

不過香山倒是沒有表現得太過震驚。

「聽說對方是普通的上班族啦。看到傳來的照片，我忍不住笑了，他長得真的不好看啊。」

到底是誰在傳那種照片？我疑惑地點開香山用手機傳來的照片，男人頭頂無毛，長得很像滑瓢妖怪（註7）。

之後又過了一段時間，某天課表上的第一節課剛好是芳江老師的現代國文，我早上一進教室，就見到黑板上畫著塗鴉。

✽註7：外貌像廟裡的老和尚，傳說會在人們張羅晚餐的時候若無其事地登門，彷彿是餐宴的座上賓。

小芳江　恭喜結婚

黑板上用粉筆寫著這排字，還畫了滑瓢妖怪男與愛心符號。

芳江老師進教室一看，急忙臉紅地用板擦把塗鴉擦掉。

「是哪個傢伙惡作劇呀？」

說歸說，芳江老師的語氣並不是完全在表達不滿，似乎還帶點欣喜。

班上會做這種無聊事的只有一人，我知道是誰，芳江老師八成也知道。

「想不到你挺會畫畫的嘛。」

我對香山說，他卻裝傻回道：「聽不懂你在說什麼。」但我可沒漏看沾在他制服袖口的粉筆粉末。只是，我最後還是當作沒看到。

『我想為你做很多事，給你許多東西。

我每次都讓你付出，自己幾乎什麼都沒給。

對不起，我是個糟糕的女朋友。

不過，我也希望你快點交到新的女朋友。

一直被前女友綁住的男人最糟糕了。

可是可是，記得偶爾要想起我喔。』

我後來只見過小莉子前輩一次。

某個星期天，我經過那家女僕咖啡廳附近，剛好看到她從馬路對面的人行道走過來。小莉子前輩挽著一個高個男的手臂，兩人相依而行。

我想叫她、和她打聲招呼，但想想還是作罷。

因為他們看起來相當幸福。小莉子前輩始終笑咪咪的，拚命和那個男生說話，我不想打擾他們的時光。

我希望那一刻持續到永遠，並在心中許願。同時，我也有點羨慕他們。

那就是我最後一次見到小莉子前輩。

七七四十九天過去，半年後，真水的墓蓋好了，真先生邀我一起去上香。我一開始聽到這個消息時，本來是想一個人偷偷去，因為覺得很多事情都很難為情。

但我認為，如果我又當個獨行俠，不是和之前沒兩樣嗎？

摯愛之人死去的時候，

我必須殺死自己。

那首中原中也的詩其實還有後續。
當時我沒有好好讀到最後，後來重讀，發現還有其他寓意。
後面是這樣寫的——

然若如此，將罪孽深重，
如果活著不見任何益處，
那就調整節奏，握手言和吧。

我花了一些時間推敲寓意後，發現意思不如想像中深奧。中原中也想說的應該是「倖存者只能與倖存者好好活下去」。
如此這般，我約了香山在車站前碰面，真先生會來接我們。
「你那是什麼啊？」
香山好像微微嚇到了，因為我拎著裝了一點水的桶子，裡面放著龜之助與牠的女朋友。附帶一提，名字我還沒取，不過之後一定會好好為牠命名。
「沒有啊，只是想帶烏龜一起去。」

「一般人才不會帶烏龜去掃墓。」

閒談之際，真先生開著車子到了。

「好久不見。」

聽說真先生換了工作，現在似乎是當業務員，整個人的氛圍變得有點不同，衣裝筆挺。他看到我帶著烏龜，並未露出訝異的表情。

「好久不見，卓也。」

律阿姨坐在副駕駛座。他們雖然還沒正式簽字復合，不過似乎比從前常見面。

直到這一刻，我才發現這是律阿姨第一次叫我的名字。

「你們最近過得好嗎？」

真先生問道，態度彷彿是久未見面的父親與兒子們交談。

「我最近迷上了滑板。」

和我一起坐在後座的香山回應。他最近真的開始玩滑板，常常滑倒或是擦傷，身上多出一些小傷口。我不知道那東西有什麼好玩，也不會想要跟他一起玩，不過看到香山難得認真對一項事物投注興趣，感覺還不賴。真先生開心地聽著香山聊滑板，邊笑邊回應。

「卓也，你要不要也培養新興趣？」

真先生朝我問。

「我會找點新的事情做。」

我不知道具體來說要做什麼，只是覺得差不多該前進了，再這樣渾渾噩噩度日會讓真水失望。不，不是失望，應該是會因為太無聊而抓狂，那比較像她的反應。

對了，真水的筆記本裡還留著幾個我沒完成的心願，我上次認真地重看一遍，忍不住笑了，因為裡面有一項竟然是「想用手肘貼著下巴直到斷氣」。

「喂，香山，你的手肘可以貼到下巴嗎？」

「……不行吧？」

香山試了一下，馬上放棄。

開車的真先生也想試，我趕緊阻止。這個動作看似簡單，做起來卻意外困難，說不定比龐加萊猜想（註8）還難。

「對了，我想替新養的烏龜取名字，要叫什麼好？」

我沒有特別對誰說。

「櫻花。」

真先生一面望著還沒開花的櫻花樹從車窗外流逝而過，一面說道。

「您幫真水取名字的時候，該不會……」

我有種不好的預感，向他問道。

「沒錯，我當時宿醉，喝了很多水。」

「那如果您當時喝的是綠茶呢？」

香山忍不住多嘴。

「綠茶啊，那應該會叫『綠』吧。」

「好糟喔。」

我噗哧一笑。

「卓也，你好像變開朗了呢。」

真先生看著後照鏡裡的我問。

「因為要調整節奏，握手言和啊。」

語畢，只見真先生露出困惑的表情。這也難怪。

這時，有個傻瓜吹著口哨伸出手來。那個人當然是香山。

「我真慶幸你是個傻瓜。」

我握起他的手對他說。

✽註8：克雷數學研究所懸賞的數學七大千禧年難題之一，由法國數學家龐加萊所提出。

真水葬在開車二十分鐘左右會到達的地方，那是一座面對人潮洶湧的觀光名勝寺院所建的廣闊墓園。

「好猛喔！亮晶晶的，看起來就像新蓋的。」

香山一看到真水的墓，就說出這般愚蠢的感想。真先生莞爾一笑，我這時才發現他不知何時圍上了圍巾，大概是下車時戴上的吧。那是真水打的圍巾。

「春天還圍圍巾啊。」

我輕輕調侃，真先生害羞地笑了。雖說現在三月底，風還有點冷，不過路上只有真先生一個人圍圍巾。話說回來，帶烏龜出門的也只有我一個。

我從口袋拿出直到最近才終於完成的雪花球，擺在她的墓碑旁。

雪花球裡可見穿著白色婚紗與禮服的新人，感情融洽地站在一塊兒，彷彿時光靜止在這一刻。

接著，我們四人在她的墳前雙手合十，閉上眼睛。

春天即將來臨。

那是我倆相遇的季節。

而我不想死了。

甚至期待看到櫻花盛開。

我從口袋拿出錄音筆，插上耳機。

闔上雙眼，再次聆聽早已聽過不知多少次的錄音檔。

『爸爸剛剛打了電話通知你過來。

再過不久，最後一刻就要來臨。

這次真的是最後一個心願了——

我熱愛幸福。

而我現在非常幸福。

我還是害怕面對死亡，甚至害怕到心臟都快要停止。

可是，我現在不怕了。

我好幸福。

卓也，你呢？

請你為了我找到幸福。

我誠心祝福你得到幸福。

這是來自渡良瀨真水的最後訊息。

永別了。

我愛你。
我愛你。
我愛你。』

真水的墓碑上並未仿照靜澤聰刻上「無」。
只是簡單地刻著——
渡良瀨真水
她的名字。

我覺得這樣就夠了。

後記

首次和大家見面，這是我的出道作品。

謝謝您讀完它。

這本小說的登場人物，是不是都有點怪怪的呢？

主角卓也每天活得渾渾噩噩，香山看似只想即時行樂，內心卻十分難懂。其他登場角色也多少怪怪的。

可是，我並不認為他們真的很異常，而且他們也不是刻意要當怪人。這些人只是用各自的方式，竭盡全力地活著，這麼做卻讓他們活得很痛苦。這是我看見的他們。

十幾歲時，我也和他們一樣，覺得活著很痛苦。

我在世界上找不到自己的容身之處，只有小說是我的救贖，所以我自然而然地提筆寫作。我想當小說家，同時也知道要辦到應該很困難。

最後，我一事無成地自大學畢業、出社會工作，每天都被工作壓得喘不過氣，漸漸喪失寫小說的動力。

「我才不可能當上小說家。」

這句話曾經是我的口頭禪。

「你一定行，拜託你快當。」

有一個朋友會這樣激勵我，津津有味地讀著我寫的故事。那位朋友自殺的夜晚，我在公司忙著工作。

在那之後，我就如書中的主角，找不到生存動力。坦白說，我自始至終都不明白死去的朋友在想什麼。

我失眠了，經常在夜間出門散步。某天，我連續走好幾個小時後，天亮時突然想到「來寫小說吧」。

於是我辭去工作，開始動筆寫小說。

這個世界充滿了不合理又痛苦殘忍的事。

我認為想死是很正常的反應。

即使如此，我還是想寫能讓人找到生存動力的小說。

如果這本書能成為某個人的動力，我會非常開心。

成為小說家的現在，回頭想想，死去的朋友所說的話，比當年的我還未卜先知。我不曉得卓也接下來有什麼目標，但我想向和他一樣覺得活著很辛苦的人說：「要相信自己，加油！」

別擔心，一定可以辦到。

本書得到許多人的幫助才能付梓出版。謝謝 loundraw 老師畫出遠遠超出我這個作者想像的插畫。第一次看到插圖時，我不禁感動到「哦哦」地發出驚嘆聲。此外也要感謝山口幸三郎老師、綾崎隼老師、蒼井 blue 老師賜予這麼棒的推薦文字，能從崇拜的人手上收到感言，對我來說實在太奢侈了。還有我的責編湯澤編輯和遠藤編輯，謝謝你們為我這個不成氣候的作者及作品提出適合的方向。其他無法一一列出名字的人，我也要向你們致上最深的謝意。這本書由我獨自創作開始，後來獲得許多人的幫忙，最後得以問世，這些全是十幾歲時的我所無法想像的事。

本書或許還有生澀之處，但我將活到今日的自己，全都投注在書頁當中。

我要把現在的自己所能寫的，全部寫進正在進行的小說裡——我總是懷著這樣的心情寫小說，但三天之後，又會開始想寫新的東西，因為覺得還有東西沒寫到。

所以接下來我也會繼續寫小說，至死方休。

期待能在下一本書中與您重逢。

佐野徹夜

國家圖書館出版品預行編目資料

妳在月夜裡閃耀光輝 / 佐野徹夜作；韓宛庭譯. --
初版. -- 臺北市：臺灣角川, 2017.10
面；　公分

譯自：君は月夜に光り輝く
ISBN 978-986-473-935-6(平裝)

861.57　　　　　　　　　　　　106014938

妳在月夜裡閃耀光輝

原著名＊君は月夜に光り輝く

作　　者＊佐野徹夜
插　　畫＊loundraw
譯　　者＊韓宛庭

2017年10月5日　初版第1刷發行
2024年7月5日　初版第14刷發行

發 行 人＊台灣角川股份有限公司
總　　監＊呂慧君
總 編 輯＊蔡佩芬
主　　編＊李維莉
設計指導＊陳晞叡
美術設計＊吳佳昫
印　　務＊李明修（主任）、張加恩（主任）、張凱棋、潘尚琪

台灣角川

發 行 所＊台灣角川股份有限公司
地　　址＊104台北市中山區松江路223號3樓
電　　話＊（02）2515-3000
傳　　真＊（02）2515-0033
網　　址＊www.kadokawa.com.tw
劃撥帳戶＊台灣角川股份有限公司
劃撥帳號＊19487412
法律顧問＊有澤法律事務所
製　　版＊尚騰印刷事業有限公司
I S B N＊978-986-473-935-6